KB024870

아몬드

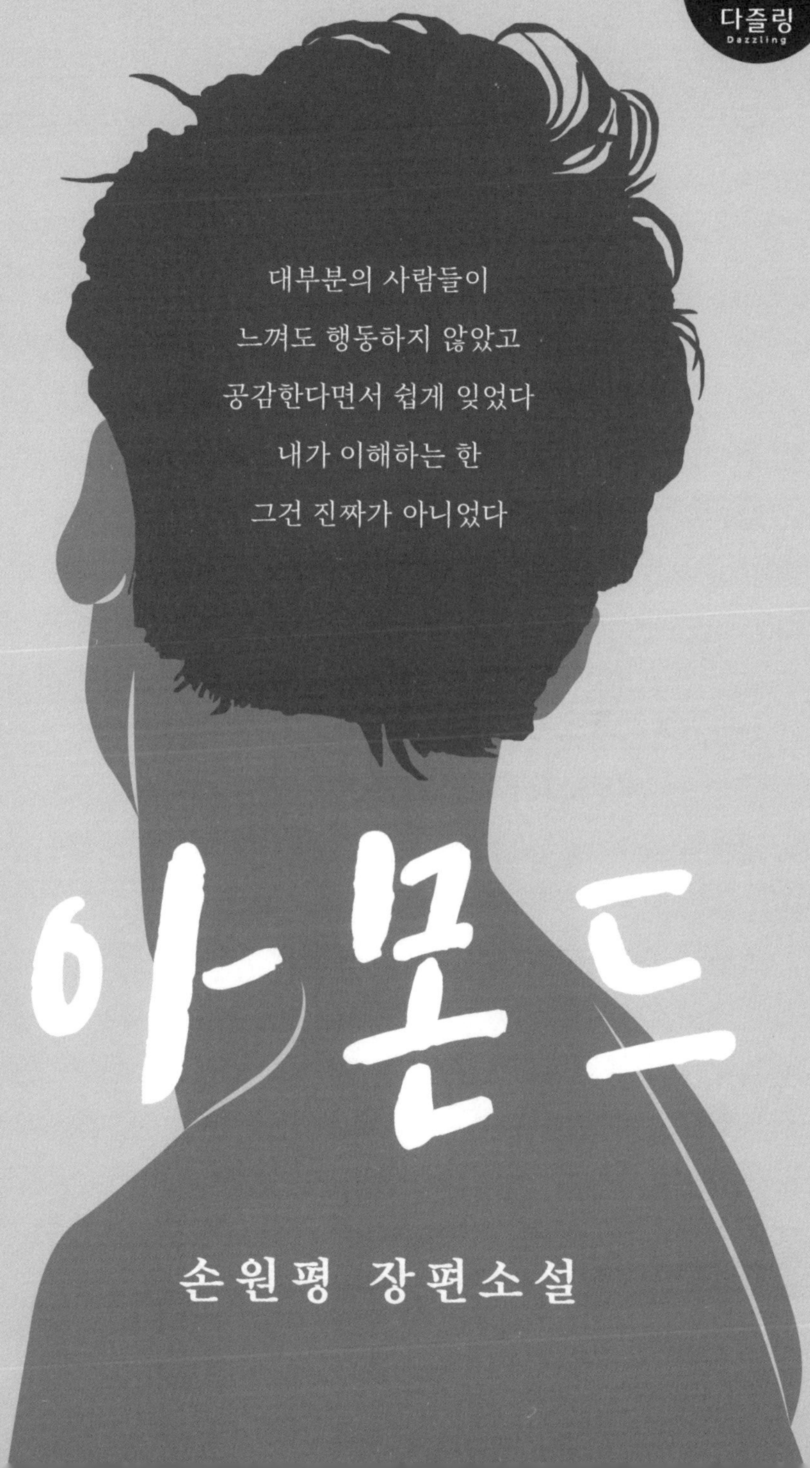

다즐링
Dazzling

대부분의 사람들이
느껴도 행동하지 않았고
공감한다면서 쉽게 잊었다
내가 이해하는 한
그건 진짜가 아니었다

아몬드

손원평 장편소설

Dan에게

일러두기

1. 알렉시티미아, 즉 감정 표현 불능증은 1970년대에 처음 보고된 정서적 장애이다. 아동기에 정서 발달 단계를 잘 거치지 못하거나 트라우마를 겪은 경우, 혹은 선천적으로 편도체의 크기가 작은 경우 발생한다고 알려져 있다. 편도체의 크기가 작은 경우에는 감정 중에서도 특히 공포를 잘 느끼지 못한다. 다만 공포, 불안감 등과 관련된 편도체의 일부는 후천적인 훈련으로 성장할 수 있다고 보고되고 있다. 이 소설은 사실에 근거하되 작가의 상상력을 가미하여 알렉시티미아를 묘사하였다.
2. P. J. 놀란은 가상의 인물이다.
3. 216p에 언급된 공룡 관련 동화책은 버나드 모스트의 『꼬마 공룡 모여라』(비룡소 2003)이다. 이 책의 본문에 의거해 공룡을 묘사했으나 공룡의 실제 크기는 연구 결과에 따라 다르게 이야기되고 있다.

차례

프롤로그

나에겐 아몬드가 있다.

당신에게도 아몬드가 있다.

당신이 가장 소중하게 여기거나

가장 저주하는 누군가도 그것을 가졌다.

아무도 그것을 느낄 수는 없다.

그저 그것이 있음을 알고 있을 뿐이다.

한마디로 말하자면 이 이야기는, 괴물인 내가 또 다른 괴물을 만나는 이야기이다. 하지만 그 끝이 비극일지 희극일지를 여기서 말할 생각은 없다. 첫째, 결론을 말하는 순간 모든 이야기는 시시해지기 때문이다. 비슷한 의미에서 둘째, 그렇게 해야 당신을 이 이야기에 동행시킬 가능성이 조금은 커지기 때문이다. 셋째, 그러니까 마지막으로 변명을 하자면 사실 어떤 이야기가 비극인지 희극인지는 당신도 나도 누구도, 영원히 알 수 없는 일이다.

1부

1

그날 한 명이 다치고 여섯 명이 죽었다. 먼저 엄마와 할멈. 다음으로는 남자를 말리러 온 대학생. 그 후에는 구세군 행진의 선두에 섰던 50대 아저씨 둘과 경찰 한 명. 그리고 끝으로는, 그 남자 자신이었다. 그는 정신없는 칼부림의 마지막 대상으로 스스로를 선택했다. 자신의 가슴 깊이 칼을 찔러 넣은 남자는 다른 희생자들과 마찬가지로 구급차가 도착하기 전 숨이 끊어졌다. 나는 그 모든 일이 눈앞에서 벌어지는 것을 바라보고만 있었다.

언제나처럼, 무표정하게.

2

첫 번째 사건은 여섯 살 때 일어났다. 징후를 보인 건 훨씬 전부터였고 여섯 살이 되어서야 그것이 수면 위로 드러났다. 엄마의 예상보단 꽤 늦은 나이였다. 방심한 탓이었을까. 그날 엄마는 나를 데리러 오지 않았다. 나중에 알게 된 사실이지만 엄마는 그날 오랜만에, 실로 몇 년 만에 아빠를 찾아갔다고 한다. 이제는 당신을 잊겠노라고, 새로운 사람을 만나겠다는 건 아니지만 어쨌거나 잊겠다고, 납골당의 빛바랜 벽을 닦으며 그렇게 말했다. 그리고 엄마의 사랑이 완전히 끝맺어지는 그 순간에, 철없는 사랑이 가져다준 불청객인 나는, 철저히 잊히고 있었다.

아이들이 모두 사라진 후, 나는 유유히 유치원 건물을 빠져나왔다. 여섯 살짜리 남자애가 집의 위치에 대해 아는 거라곤 집이 육교 너머 어딘가에 있다는 사실뿐이었다. 육교 위로 올라 난간 아래로 고개를 떨궜다. 아래로 차들이 미끄러지듯 씽씽 달리고 있었다. 문득 어디선가 본 게 떠올라 입 안에 침을 잔뜩 끌어모았다. 아래로 지나가는 차에 침을 맞히는 놀이다. 하지만 내 침은 바닥에 닿기도 전에 공기 중으로 사라져 버렸다. 그 광경을 지켜보며 몇 차례 계속하고 있자니 몸이 붕 뜬 것처럼 어질어질했다.

—뭐하니! 더럽게.

고개를 드니 지나가던 아주머니가 나를 쏘아보고 있었다. 아줌마는 제 갈 길을 가는 차들처럼 그 말만 남긴 채 미끄러지듯 나를 지나쳤고 나는 다시 홀로 남았다. 육교 밑으로 내려가는 계단은 사방으로 뻗어 있었고 나는 방향을 알지 못했다. 어차피 계단 아래로 보이는 풍경은 오른쪽이나 왼쪽이나 똑같이 회색빛으로 차가웠다. 비둘기 몇 마리가 푸드덕 소리를 내며 머리 위를 가로질렀다. 나는 새들이 향하는 방향을 쫓아가기로 했다.

길을 잘못 들어섰다는 걸 알았을 때는 이미 너무 많이 와 버린 뒤였다. 그즈음 유치원에서 배우던 노래는「앞으로」였다. 그 노랫말처럼 지구는 둥그니까 자꾸자꾸 나아가면 언젠간 집에 도착하겠지 생각했다. 그래서 고집스럽게 짧고 투박한 발걸음을 앞으로 옮겼다.

큰길은 골목으로 이어졌고 골목 양옆으로는 낡은 집들이 늘어서 있었다. 인적이 느껴지지 않았다. 무너져 가는 시멘트 벽 여기저기에 알 수 없는 붉은색 숫자며 '공가'라는 글자 따위가 적힌 게 보였다.

갑자기 누군가가 아, 하고 작게 소리쳤다. 아,였나, 어,였나. 아아아,였는지도 모른다. 아무튼 작고 짤막한 외침이었다. 소리가 나는 방향으로 걸어갔다. 점점 소리가 가까워졌고 그 외침은 으,가 되었다가 이이이,가 되기도 했다. 모퉁이 뒤에서 들리는 소리였다. 나는 지체 없이 모퉁이를 돌았다.

한 아이가 바닥에 누워 있었다. 나이를 가늠할 수 없는 작은 남자아이였다. 그 아이 위로 검은 그림자가 정신없이 드리워졌다 거둬졌다 하길 반복했다. 아이는 맞고 있었다. 짧은 외침은 그 아이가 내는 게 아니라, 그 애를 둘러싼 그림자들에게서 기합처럼 터져 나오는 소리였다. 그들은 아이에게 발길질을 하고 침을 뱉었다. 나중에서야 그들이 고작 중학생이었다는 걸 알았지만 그때 내 눈에 비친 그림자들은 다 큰 어른처럼 길고 거대했다.

아이는 이미 맞은 지가 너무 오래된 듯 저항을 하지도, 소리를 내지도 못했다. 그저 헝겊 인형처럼 이쪽저쪽으로 내팽개쳐지고 있을 뿐이었다. 그들 중 한 명이 마무리 동작처럼 아이의 옆구리를 내리찍었다. 그러고 나서 그들은 사라졌다. 빨간 물감을 뒤집어쓴 것처럼 아이의 온몸이 피로 물들었다. 나는 아이에게 다가갔다. 나보다 나이가 많아 보였다. 열한 살이나 열두 살, 그러니까 내 나이의 두 배쯤. 그런데도 형이라는 생각은 안 들고 아이인 것만 같았다. 아이의 가슴이 갓 태어난 강아지처럼 짧고 얕은 숨으로 빠르게 달싹거렸다. 꽤 위험한 상황이라는 것쯤은 알 수 있었다.

나는 모퉁이를 다시 돌아 나왔다. 여전히 인적은 없었고 회백색 벽 위의 붉은 글씨들만이 눈을 어지럽혔다. 한참을 헤맨 끝에 겨우 작은 구멍가게가 눈에 들어왔다. 미닫이문을 열고 안으로 들어가 주인아저씨에게 말을 걸었다.

—아저씨.

TV에선 「가족오락관」이 나오고 있었다. 아저씨는 텔레비전을 보며 낄낄대느라 내 목소리를 듣지 못한 것 같았다. 귀마개를 한 출연자들이 앞사람의 입모양만 보고 단어를 알아맞히는 게임이었다. 전달해야 할 단어는 '전전긍긍'이었다. 그 단어가 왜 기억나는지는 모르겠다. 나는 그때 전전긍긍이 무슨 뜻인지도 몰랐으니까. 어쨌든 젊은 여자 출연자가 자꾸만 엉뚱한 단어를 얘기해서 방청객과 가게 아저씨의 웃음을 자아내고 있었다. 결국 주어진 시간이 종료됐고 여자 팀은 그 문제를 놓쳤다. 아저씨도 아쉽다는 듯 입맛을 다셨다. 나는 다시,

—아저씨.

하고 불렀다.

—응?

아저씨가 고개를 돌렸고 나는

—골목에 누가 쓰러져 있어요.

라고 말했다. 아저씨는

—그러니?

라고 대수롭잖게 대꾸하곤 자세를 추슬렀다. 텔레비전에선 역전이 가능한 점수 높은 문제를 걸고 양 팀이 대결하려는 참이었다.

—어쩌면 죽을지도 몰라요.

나는 매대에 가지런히 진열된 캐러멜을 만지작거렸다.

—그래?

—네, 그래요.

그제야 아저씨의 시선이 내게 향했다.

—무서운 얘기를 참 태연히도 하네. 거짓말하면 못쓰는 거야.

나는 한동안 아저씨를 설득할 말을 찾느라 침묵했다. 하지만 어린 나는 아는 단어도 별로 없었고 아무리 생각해도 방금 했던 말보다 더 진짜 같은 말은 떠오르지 않았다.

—죽을지도 몰라요.

했던 말을 반복하는 수밖에 없었다.

3

아저씨가 경찰에 신고를 하고 프로그램이 끝나기를 기다리는 동안, 캐러멜을 꼼지락대며 만지작거리는 나를 보다 못한 아저씨가 아무것도 사지 않을 거면 그만 나가라고 하는 동안, 그러고도 한참을 꾸물거린 경찰이 현장까지 가는 동안, 나는 줄곧 차가운 바닥에 누워 있을 아이를 생각했다. 그 애는 진작에 숨이 끊어져 있었다.

문제는 그 애가 바로 그 아저씨의 아들이었다는 거다.

나는 경찰서 안 벤치에 앉아 아직 바닥에 닿지 않는 다리를 앞뒤로 휘저었다. 교차로 움직이는 발의 움직임이 차가운 바람을 일으켰다. 이미 깜깜한 밤이었고 졸음이 밀려왔다. 까무룩 잠이 들려는 순간, 엄마가 경찰서 문을 밀고 들어섰다. 나를 본 엄마는 통곡하며 내 머리통을 아프도록 쓰다듬었다. 상봉의 기쁨이 채 식기도 전, 다시 경찰서 문이 벌컥 열렸다. 온 얼굴이 눈물로 뒤덮인 아저씨가 경찰들에게 몸을 맡긴 채 울부짖으며 들어왔다. TV를 보고 있을 때의 표정과는 사뭇 달랐다. 아저씨는 쓰러지듯 꿇어앉더니 몸을 떨며 주먹으로 바닥을 때렸다. 그러더니 별안간 몸을 일으켜 내게 소리를 지르며 삿대질을 했다. 제대로 알아들을 수는 없었지만 내가 전달받은 의미는 이런 거였다.

'네가 조금만 더 진지하게 말했다면 늦지 않았을 거다.'

옆에서 경찰이 유치원생이 뭘 알겠느냐며 고꾸라지려는 아저씨를 간신히 받아 세웠다. 나는 아저씨의 말에 동의하기 어려웠다. 나는 줄곧 진지했다. 단 한 번을 웃지도 흥분하지도 않았다. 그런데 왜 그런 질책을 받아야 하는지 알 수 없었다. 하지만 여섯 살의 짧은 어휘로는 그런 의문을 표현할 수 없었기 때문에 그냥 잠자코 있었다. 나를 대신해 엄마가 목청을 높였다. 경찰서 안은 삽시간에 아이를 잃은 자와 아이를 찾은 자의 소란으로 아수라장이 됐다.

그날 밤 나는 여느 때처럼 장난감 블록을 가지고 놀았다. 기린 모양의 블록이었는데, 기다란 목을 아래로 꺾으면 코끼리가 되는 장난감이었다. 엄마의 시선이 내 몸 구석구석에 닿는 게 느껴졌다.

—무섭지 않았어?

엄마가 물었고

—아니.

내가 대답했다.

어쩐 일인지 그 사건, 그러니까 내가 사람이 맞아 죽는 걸 보고도 표정 하나 변하지 않았다더라, 하는 얘기는 순식간에 퍼져 나갔다. 그때부터 엄마가 걱정하던 일들이 계속해서 일어나기 시작했다.

초등학교에 입학하자 문제는 심각해졌다. 어느 날 하굣길에 내 앞을 걷던 여자애가 돌부리에 걸려 넘어졌다. 그 애가 엎어진 채로 내 앞을 가로막고 있었기 때문에 나는 걔가 일어나길 기다리며 그 애의 뒤통수에 매달린 미키마우스 머리 끈만 바라봤다. 하지만 넘어진 애는 자리에서 울기만 했다. 갑자기 그 애의 엄마가 나타나 아이를 일으켜 세웠다. 그러곤 나를 흘기며 혀를 찼다.

—친구가 다쳤는데 괜찮냐고 물어볼 줄도 모르니? 소문은 들었지만 애가 정말 보통이 아니네.

할 말이 떠오르지 않아 입을 열지 않았다. 뭔가 '사건'이 일어났음을 감지한 아이들이 주변으로 몰려들었고 소곤대는 소리가 귀를 간질였다. 모르긴 해도 아줌마가 한 말의 메아리 같은 말들이었을 거다. 그때 날 구한 건 할멈이었다. 할멈은 어디선가 원더우먼처럼 등장해 나를 번쩍 안아 올렸다.

—함부로 말하지 마시오. 제 복이 없어서 넘어진 거지, 어디서 남 탓이야?

걸걸하게 일갈한 할멈은 아이들에게도 한소리 하는 걸 잊지 않았다.

—뭐가 재밌다고 보고들 있어? 못난 것들.

무리에서 꽤 멀어졌을 때쯤 할멈의 얼굴을 올려다보았다. 꾹 다문 입이 앞으로 쭉 내밀어져 있었다.

—할멈, 사람들이 왜 나보고 이상하대?

할멈은 내민 입을 집어넣었다.

—네가 특별해서 그러나 보다. 사람들은 원래 남과 다른 걸 배기질 못하거든. 에이그, 우리 예쁜 괴물.

할멈이 나를 으스러져라 안는 통에 갈비뼈가 아렸다. 전부터 할멈은 나를 종종 괴물이라고 불렀다. 그 단어는 적어도 할멈에게만은 나쁜 뜻이 아니었다.

4

솔직히 할멈이 붙여 준 애정 어린 별명을 이해하는 데엔 시간이 좀 걸렸다. 책에서 본 괴물들은 예쁘지 않았다. 아니, 예쁠 수 없는 게 괴물이었다. 그런데 할멈은 왜 날 예쁜 괴물이라고 부르는 걸까. 모순된 개념을 연달아 붙여서 의미를 낳는 '역설'이라는 표현이 있다는 걸 알게 된 뒤에도 할멈의 방점이 '예쁜'에 찍혀 있는지 '괴물'에 찍혀 있는지 잘 몰라 헷갈리곤 했다. 어쨌든 할멈은 나를 사랑해서 그렇게 부른다고 했으니 나는 할멈을 믿기로 했다.

엄마는 할멈에게 미키마우스 여자아이 사건을 전해 듣자 눈물부터 짜냈다.

—결국 이렇게 될 줄 알았어……. 그래도 이렇게 빨리 드러날 줄은 몰랐는데…….

—듣기 싫다! 징징거릴 거면 네 방에 들어가서 문 꽉 잠그고 징징대.

별안간의 호통에 잠깐 눈물을 멈춘 엄마는 할멈을 한번 노려보더니 더 큰 소리로 울기 시작했다. 할멈은 쯔쯔쯔 혀를 차곤 절레절레 고개를 젓더니 휴우, 한숨을 쉬곤 천장 구석을 무심히 올려다봤다. 할멈과 엄마 사이에서 볼 수 있는 대표적인 풍경이었다.

이렇게 될 줄 알았다는 말마따나, 나에 대한 엄마의 걱정은 세월이 깊었다. 태어난 지 얼마 되지 않아서부터 나는 다른 아이들과 달랐으니까. 어떻게 달랐느냐 하면,

나는 웃지를 않았다.

처음에는 그냥 발달이 조금 느린 거려니 했다. 하지만 육아책에는 아기들이 생후 3일이면 웃기 시작한다고 쓰여 있었다. 엄마는 손을 꼽아 날짜를 세어 보았다. 100일이 가까워지고 있었다.

웃지 않는 마법에 걸린 공주처럼 나는 꿈쩍도 안 했다. 엄마는 공주의 마음을 사려는 이웃 나라 왕자처럼 온갖 방법을 다 썼다. 손뼉도 치고 딸랑이도 색깔별로 사서 흔들어 대고 동요에 맞춰 코믹 댄스도 춰 봤다. 그러다 지치면 베란다에 나가 담배를 한 대씩 피웠다. 나를 가졌다는 걸 안 뒤 간신히 끊었던 담배였다. 그 무렵 엄마가 찍어 둔 동영상을 본 적이 있다. 땀을 뻘뻘 흘리는 엄마 앞에서 어린 나는 엄마를 그저, 바라보기만 한다. 아기의 눈빛이라기엔 너무나 깊고 잔잔하다.

어쨌든 엄마는 나를 웃게 하는 데 실패했다. 병원에서는 별다른 말이 없었다. 웃지 않을 뿐 영유아 검진 결과, 내 키와 체중, 행동 발달은 또래의 평균에 속했다. 대수롭지 않게 여긴 동네 소아과 의사는 아기가 건강히 무럭무럭 크고 있으니 걱정 말라며 엄마를 돌려보냈다. 엄마도 단지 내가 다른 아기들보다 조금 무뚝뚝한 것뿐이라고 애써 위안하려 했다. 하지만 돌이 지날 무렵 진짜 걱정할 만한 일이 벌어졌다.

어느 날 엄마는 뜨거운 물이 든 빨간 주전자를 탁자에 올려놓았다. 분유를 타느라 엄마가 뒤돌아서 있던 사이 나는 주전자에 손을 뻗었고, 다음 순간 주전자가 탁자 아래로 떨어졌다. 주전자가 나동그라지며 마루에 물이 퍼졌다. 아직까지도 희미하게 남은 화상 자국이 그때의 흔적이다. 나는 자지러지게 울어 댔고, 엄마는 내가 앞으로 뜨거운 물이나 빨간 주전자를 무서워하게 될 거라고 생각했다. 다른 아기들은 보통 그랬으니까. 그런데 아니었다. 나는 물도 주전자도 두려워하지 않았다. 그 안에 든 물이 차갑든 뜨겁든 여전히 빨간 주전자를 보면 손을 뻗었다.

그뿐이 아니다. 아랫집의 애꾸눈 영감도, 영감이 빌라 화단에 매어 놓은 커다란 검둥개도 내겐 무서운 존재가 아니었다. 나는 백태가 껴 허연 영감의 눈동자를 빤히 들여다보았고 엄마가 잠깐 눈을 뗀 사이, 날카로운 이빨을 드러내며 사납게 짖어대는 개에게 다가가 손을 내밀었다. 그 개가 옆집 아이를 물어

피가 나게 하는 걸 본 뒤에도 그랬다. 엄마가 부리나케 달려온 게 한두 번이 아니다.

그런 몇몇 일들을 겪으며 엄마는 때때로 내 지능이 낮은 건 아닌지 걱정했지만, 내 외모나 행동에서 딱히 지능이 낮다고 판단할 만한 근거는 보이지 않았다. 나라는 아이를 어떻게 이해해야 할지 헷갈린 엄마는, 엄마답게 좋은 쪽으로 해석하고자 했다.

'또래에 비해 겁이 없고 침착한 아이.'

엄마의 일기장 속에는 내가 그렇게 묘사되어 있다.

그렇다고 하더라도 만 네 살이 지나도록 좀처럼 웃지 않는다면 불안이 극에 달할 법도 하다. 엄마는 내 손을 잡고 더 큰 병원을 찾았다. 바로 그날이 내 기억에 최초로 각인된 날이다. 물속에서 본 것처럼 아른아른하다가 때때로 선명해지는 장면.

하얀 가운을 입은 남자가 내 앞에 앉아 있다. 그가 만면에 웃음을 띠고 여러 가지 장난감을 차례로 보여 준다. 그중 몇 개는 직접 흔들어 보이기도 한다. 이번엔 내 무릎을 작은 망치로 톡톡 두들긴다. 생각지도 않게 종아리가 그네 뛰듯 하늘로 박차고 올라간다. 남자가 내 겨드랑이 사이로 손가락을 넣는다. 나는 간지러워서 조금 웃는다. 이번에는 그가 사진을 보여 주며 몇 가지 질문을 던진다. 그중 한 장의 사진은 기억에 또렷이 남아 있다.

—사진 속의 아이는 울고 있어. 엄마가 없어졌기 때문이야. 이 아이의 기분은 어떨까?

나는 답을 몰라 옆에 앉은 엄마를 올려다본다. 엄마는 미소를 짓고 내 머리를 쓰다듬어 준다. 그러다 문득 아랫입술을 지그시 문다.

얼마 후 엄마는 우주여행을 간다며 나를 어디론가 데려갔다. 그런데 도착한 장소가 병원이다. 아픈 데도 없는데 왜 여기 왔느냐고 물어보지만 엄마는 답해 주지 않는다. 나는 차가운 어떤 곳에 눕는다. 허연 통 속으로 빨려 들어간다. 띠띠띠. 이상한 소리가 난다. 우주여행은 시시하게 끝났다.

또다시 장면이 바뀌면, 갑자기 가운 입은 사람들의 수가 늘어 있다. 그중 가장 나이 든 남자가 흐릿한 흑백 사진을 보여주며 내 머릿속을 찍은 거라고 한다. 거짓말. 딱 봐도 저건 내 머리가 아니다. 근데 엄마는 그 뻔한 거짓말을 믿기라도 하듯 연신 고개를 끄덕인다. 남자가 입을 열 때마다 그를 둘러싼 젊은이들이 뭔가를 받아 적는다. 조금 지루해져서 나는 발을 건들거린다. 그러다 의사의 책상을 몇 차례 친다. 엄마가 하지 말라며 내 어깨에 손을 얹는다. 올려다본 엄마의 뺨 위로 눈물이 흐르고 있다.

그 뒤로 남아 있는 그날의 기억은 엄마가 온통 우는 모습뿐이다. 엄마는 울고, 울고, 또 운다. 대기실로 나온 뒤에도 마찬가지다. TV에서 만화가 나오는데 엄마 때문에 집중할 수가 없다. 우주 전사가 악당을 물리치는데도 엄마는 울고만 있다. 결국 대기실 옆자리에서 졸고 있던 할아버지가 호통을 친다. 청승 좀 그만 떨어, 아까부터 시끄러워 죽갔네! 그제야 엄마는 야단맞은 여중생처럼 입술을 꽉 오므린 채 몸만 들썩들썩한다.

5

엄마는 내게 아몬드를 많이 먹였다. 나는 아몬드라면 미국산부터 시작해서 호주산, 중국산, 러시아산까지 우리나라에 수입되는 종류는 다 먹어 봤다. 중국산에선 기분 나쁜 쓴맛이 나고 호주산은 뭔가 모르게 시큼털털한 흙냄새가 난다. 우리나라에서 나는 것도 있지만 내 입엔 역시 미국산, 그중에서도 캘리포니아산이 최고다. 이제 태양 빛을 잔뜩 머금어 은은한 갈색빛이 도는 캘리포니아산 아몬드를 먹는 나만의 방법을 알려 주겠다.

먼저 아몬드 봉지를 집어 들고 그 안에 든 아몬드의 촉감을 느껴 본다. 포장지 아래로 만져지는 단단한 알맹이들이 고집스럽다. 봉지 윗부분을 가만히 뜯고 이중 처리된 지퍼를 연다. 눈은 감은 상태여야 한다. 그런 다음, 천천히 숨을 들이쉬며 봉투 안으로 코를 들이민다. 얕게, 숨을 끊어서 들이쉰다. 향이 몸속까지 도달하는 시간을 최대한 확보하기 위해. 그리고 마침내 아몬드 향이 깊이 들어찼을 때 반 줌 정도를 입 안에 털어 넣는다. 혀로 아몬드의 결을 느끼며 한동안 입 안에서 굴린다. 뾰족한 곳을 찔러도 보고 아몬드 표면의 홈을 혀로 훑어도 본다. 너무 오래 해서는 안 된다. 아몬드가 침에 불면 맛이 없어지기 때문이다. 이건 그저 클라이맥스를 위한 준비 과정일 뿐이다. 짧으면 시시하고, 길면 임팩트가 사라진다. 적당한 타이밍은 당신이 직접 찾아야 한다. 클라이맥스로 향해 갈 때는 아몬드가 점차 커지는 상상을 한다. 손톱만 한 아몬드가 포도알만큼, 키위만큼, 오렌지만큼, 수박만큼 점점 커진다. 이제 아몬드가 럭비공만큼 부풀었다. 바로 이때다. 와드득, 깨문다. 그러면 아그작 소리와 함께 멀고 먼 캘리포니아에서부터 날아든 햇빛이 입 안으로 퍼져 나간다.

굳이 이런 의식을 치르는 이유는 내가 아몬드를 좋아해서가 아니었다. 식탁 위엔 삼시 세끼 아몬드가 올랐다. 피할 길은 없었다. 그러므로 먹는 방법을 찾은 것뿐이다. 엄마는 아몬드를 많이 먹으면 내 머릿속의 아몬드도 커질 거라 생각했다. 그게 엄마가 기댈 수 있는 몇 안 되는 희망 중 하나였다.

누구나 머릿속에 아몬드를 두 개 가지고 있다. 그것은 귀 뒤쪽에서 머리로 올라가는 깊숙한 어딘가에 단단하게 박혀 있다. 크기도, 생긴 것도 딱 아몬드 같다. 복숭아씨를 닮았다고 해서 '아미그달라'라든지 '편도체'라고 부르기도 한다.

외부에서 자극이 오면 아몬드에 빨간 불이 들어온다. 자극의 성질에 따라 당신은 공포를 자각하거나 기분 나쁨을 느끼고, 좋고 싫은 감정을 느끼는 거다.

그런데 내 머릿속의 아몬드는 어딘가가 고장 난 모양이다. 자극이 주어져도 빨간 불이 잘 안 들어온다. 그래서 나는 남들이 왜 웃는지 우는지 잘 모른다. 내겐 기쁨도 슬픔도 사랑도 두려움도 희미하다. 감정이라는 단어도, 공감이라는 말도 내게는 그저 막연한 활자에 불과하다.

6

의사들이 내게 내린 진단은 감정 표현 불능증, 다른 말로는 알렉시티미아였다. 증상이 너무 깊은 데다 나이가 너무 어려 아스퍼거 증후군으로 볼 수 없었고, 다른 발달 사항에 문제가 없어 자폐 소견도 없었다. 표현 불능이라고 하지만 표현을 못한다기보단, 잘 느끼질 못한다. 언어 중추인 브로카 영역이나 베르니케 영역을 다친 사람들처럼 말을 만들어 내거나 이해하는 데 문제가 있는 건 아니다. 감정을 잘 느끼지 못하고, 사람들의 감정을 잘 읽지 못하고, 감정의 이름들을 헷갈린다. 의사들은 선천적으로 내 머릿속의 아몬드, 그러니까 편도체의 크기가 작은 데다 뇌 변연계와 전두엽 사이의 접촉이 원활하지 못해서 그렇게 된 거라고 입을 모았다.

편도체가 작으면 나타나는 증상 중 하나가 공포심을 잘 모르는 거다. 용감해서 좋겠다고 생각한다면 모르는 소리다. 두려움이란 생명 유지의 본능적인 방어 기제다. 두려움을 모른다는 건 용감한 게 아니라 차가 돌진해도 그대로 서 있는 멍청이라는 뜻이다. 나는 운이 더 나빴다. 공포심 둔화 외에 나처럼 전반적인 감정 불능까지 오는 경우는 매우 드물었다. 불행 중 다행은 이렇게까지 작은 편도체를 가지고도 딱히 지능 저하의 소견이 없다는 것 정도였다.

의사들은 사람마다 뇌가 다르니 내 경우는 더 지켜보아야 한다고 했다. 그중 몇은 꽤 솔깃한 제안을 했는데, 아직 밝혀지지 않은 뇌의 신비를 벗겨 내는 데 내가 큰 역할을 할 수도 있다는 거였다. 대학 병원 연구진들은 내가 자라날 때까지 여러 임상 실험을 하고, 학회에 보고를 하는 등 장기 프로젝트에 참여했으면 좋겠다고 의뢰를 해 왔다. 임상 참가비 제공은 물론이고, 연구 결과에 따라 브로카 영역이나 베르니케 영역처럼 내 이름도 뇌의 한 부분에 붙여질 수 있다는 말을 덧붙였다. '선윤재 영역'. 하지만 이미 의사들에게 넌덜머리가 난 엄마는 일언지하에 거절했다.

일단 브로카와 베르니케가 실험 대상자가 아니라 과학자 이름이었단 걸 엄마가 알고 있었던 게 문제다. 엄마는 집 근처 구립 도서관을 꾸준히 다니며 뇌에 관한 여러 책을 섭렵했기 때문이다. 의사들이 나를 사람이 아니라 흥미로운 고깃덩이로 바라보는 것도 마음에 들지 않았다. 엄마는 의사들이 나를 치료할 수 있으리라는 기대를 일찌감치 접었다. 고작해야 이상한 실험을 하거나 검증되지 않은 약을 먹인 뒤 내 반응을 관찰해서 학회에 가서 뽐내는 게 다겠지. 그게 엄마의 생각이었다.

그래서 엄마는, 많은 엄마들이 흥분할 때면 던지곤 하는 흔해 빠진 데다 설득력 없는 말을 내뱉었다.

—내 애는 내가 가장 잘 알아요.

병원에 발길을 끊던 날 엄마는 병원 건물 앞 화단에 침을 뱉은 뒤 이렇게 말했다.

—지들 대가리 속도 모르는 것들이.

엄마는 가끔 그렇게 난데없는 호기를 부릴 때가 있었다.

7

엄마는 임신 중에 겪은 스트레스나 몰래 피웠던 한두 개비의 담배, 막달에 못 참고 몇 모금쯤 홀짝인 맥주 따위를 후회했지만, 사실 내 머리통이 왜 그 모양인지는 너무 뻔하다. 그저 운이 없었던 거다. 생각보다 운이라는 놈이 세상에 일으키는 무지막지한 조화들이 많으니까.

이왕 이렇게 된 거, 어쩌면 엄마는 이런 걸 기대했는지도 모른다. 감정이 남들처럼 유연하지 않은 대신, 영화에서처럼 기억력이 컴퓨터 수준이라든가 미적 감각이 탁월해서 믿을 수 없을 정도로 천재적인 그림을 그려 낸다든가 하는 것 말이다. 그랬다면 쇼 프로에 나갈 수도 있었을 거고 아무렇게나 페인트를 뿌려 댄 그림도 수천만 원에 팔렸을지 모른다. 하지만 내게 천재적인 능력은 없었다.

어쨌거나 미키마우스 머리 끈을 맨 여자아이 사건이 벌어진 후 엄마는 내게 본격적인 '교육'을 시작했다. 내가 감정을 잘 느끼지 못한다는 건 그저 불행하고 안타까운 일임을 넘어

많은 위험을 내포하고 있었기 때문이다.

누군가가 무서운 표정으로 훈계를 해도 별 소용이 없었다. 예컨대 소리친다, 고함을 지른다, 눈썹이 위로 솟는다⋯⋯ 이런 게 특정한 의미를 담고 있다는 게 내겐 납득하기 어려운 일이었다. 그러니까, 하나의 현상에 그 이면의 뜻이 숨어 있다는 걸 나는 잘 알지 못했다. 나는 세상을 곧이곧대로만 받아들였다.

엄마는 색종이에 여러 개의 문장을 쓴 다음 커다란 전지에 그것들을 일일이 붙였다. 벽을 장식한 전지 위엔 이런 말들이 쓰여 있었다.

차가 가까이 온다.
→ 몸을 피하거나, 가까워지면 뛴다.

사람이 다가온다.
→ 부딪히지 않도록 한쪽으로 비켜선다.

상대방이 웃는다.
→ 똑같이 미소를 짓는다.

맨 밑에는

참고 사항

표정의 경우

무조건 상대와 비슷한 표정을 짓는다고

생각하면 편함!

이라고 적혀 있었지만 이제 막 여덟 살이 된 내가 이해하기엔 다소 긴 문장이었다.

전지에 적힌 예들은 무궁무진했다. 또래 아이들이 구구단을 외우는 동안 나는 왕조의 연표를 외듯 그것들을 외워서 알맞은 항목끼리 짝을 지었다. 엄마는 정기적으로 나에게 시험을 치르게 했다. 보통 사람이라면 어렵지 않게 습득할 '본능적인' 규범들을 나는 그렇게 하나하나 암기했다. 할멈은 주입식 교육이 과연 소용이 있겠느냐고 혀를 차면서도 전지에 붙일 화살표를 오렸다. 화살표가 할멈의 담당이었다.

8

몇 해가 지나고 내 머리통은 굵어져 갔지만 머리 안에 든 아몬드의 크기만은 요지부동이었다. 사람 관계가 복잡해지고 엄마가 알려 준 공식만으로 대처하기 어려운 변수가 많아질수록 나는 점점 더 요주의 인물이 되어 갔다. 학년이 바뀐 지 하루 만에 이상한 아이로 찍히거나 학교 뒤뜰로 불려 나가 모두가 보는 앞에서 구경거리가 되기도 했다. 아이들은 늘 이상한 질문을 던졌고 그러면 나는 거짓말을 할 줄 몰라 곧이곧대로 답하곤 했다. 아이들이 왜 그렇게 배를 잡고 웃는지 알지 못한 채. 그렇게 의도와 상관없이 나는 매일같이 엄마의 마음에 비수를 꽂았다.

하지만 엄마는 포기하지 않았다.

—튀지 말아야 돼. 그것만 해도 본전이야.

그 말은 들키지 말라는 뜻이었다. 남들과 다르다는 걸. 그걸 들키면 튀는 거고 튀는 순간 표적이 된다. 단순히 차가 다가오면 몸을 피하라는 수준의 지침으로는 부족했다. 스스로를 감추려면 고도의 연기가 필요한 타이밍이 온 거다. 엄마는 지치지도 않고 상상력을 발휘해 극작가 수준으로 대화 내용을 덧붙여 갔다. 이제는 상대가 던지는 말 속에 담긴 '참 의미'와, 내가 하는 말에 담겨야 할 '바람직한 의도'까지도 함께 짝지어 외워야 했다.

예를 들어 친구들이 새로운 학용품이나 장난감을 보여 주며 설명할 때 그 애들이 진짜로 하고 있는 건 설명이 아니라 '자랑'이라고 했다.

엄마의 말에 따르면 그럴 때 모범 답안은

—좋겠다.

였고, 그게 뜻하는 감정은 '부러움'이었다.

누군가가 나에게 잘생겼다거나 잘했다는 식의 긍정적인 이야기를 한다면(물론 '긍정적'에 해당하는 게 무엇인지도 따로 외워야 했지만)

—고마워.

혹은

—이 정도 가지고 뭘.

이 맞는 대답이었다.

엄마는, '고마워.'는 상식 수준의 답이고 '이 정도 가지고 뭘.'은 약간의 여유를 부리는 태도로 내가 더 멋진 아이로 보일 수 있는 답변이라고 했다. 물론 나는 언제나 제일 간단한 답을 선택했다.

9

엄마는 자타가 공인하는 악필이었기 때문에 나를 위해 인터넷에서 희, 노, 애, 락, 애, 오, 욕에 해당하는 한자를 찾아 A4 한 장에 한 글자씩 커다랗게 인쇄했다. 쯔쯔. 그 꼴을 본 할멈이 혀를 찼다. 할멈은 모든 일엔 정성이 들어가야 하는 법이라며 엄마를 타박했다. 그러곤 한자에 관한 한 까막눈이었음에도, 그림 그리듯 그 글자들을 커다랗게 따라 그렸다. 엄마는 할멈에게서 건네받은 글자들을 가훈처럼 혹은 부적처럼 집 안 곳곳에 붙였다.

신발을 신을 때면 신발장 위에서 喜(희)가 내게 미소 지었고, 냉장고 문을 열 때마다 愛(애)를 보아야 했다. 잠들기 전에는 침대맡에서 樂(락)이 나를 굽어보았다. 장소와는 무관하게 붙여 놓은 것들이었지만, 엄마의 미신에 따라 나쁜 것들, 그러니까 분노, 슬픔, 미워함 따위에 해당하는 글자들은 화장실 안에 한꺼번에 붙여 두었다. 시간이 가면서 화장실의 습기로 종이는 우글쭈글해지고 글자들은 희미해졌다. 할멈은 정기적으로 그 글자들을 다시 써서 붙였다. 그래서인지 종국에는 할멈이 그 한자들을 외워서 멋들어진 글씨체로 쓸 지경에 이르렀다.

엄마는 '희로애락애오욕 게임'까지 만들었다. 엄마가 상황을 제시하면 내가 감정을 맞혀야 한다. 누군가가 맛있는 음식을 준다면 느껴야 할 감정은? 정답은 기쁨과 감사. 누군가가 나를 아프게 했을 때 느껴야 할 것은? 정답은 분노. 이런 식이었다.

한번은 내가, 누군가 맛없는 음식을 주었을 때는 무엇을 느껴야 하느냐고 물은 적이 있다. 의외의 질문이었는지 엄마가 대답을 내놓기까지는 시간이 좀 걸렸다. 한참 고민한 끝에 엄마는 일차적으로는 음식이 맛이 없기 때문에 분노를 느낄 수도 있다고 했다. (나는 엄마가 음식 맛이 형편없다며 식당 흉을 보는 걸 몇 번 목격한 적이 있다.) 하지만 사람에 따라 맛이 없는 음식일지라도 기뻐하거나 감사할 수도 있다고 했다. (그럴 때마다 할멈은 그저 감사하며 먹으라고 엄마에게 핀잔을 주곤 했다.)

시간이 흐르고 내 나이가 두 자릿수가 되자, 엄마가 내 질문에 곧바로 답하지 못하거나 우물쭈물하는 경우도 잦아졌다. 결국 엄마는 더 이상의 질문을 일축하듯, '희로애락애오욕'의 기본 개념이라도 잘 암기하라고 했다.

—복잡한 것까진 몰라도 기본은 꼭 알아야 해. 그렇게만 해도 조금 메말랐다는 소릴 들을지언정 정상 범주에 속할 거야.

사실 나는 아무 상관이 없었다. 내가 미세한 단어의 차이를 감지하지 못하는 것처럼, 내가 정상인지 아닌지 따위는 내게 아무 영향도 미칠 수 없었다.

10

엄마의 끈질긴 노력과 매일같이 행해지던 습관적이고 의무적인 훈련 덕에 나는 차츰 학교에서 별문제 없이 지내는 법을 대강 익히기에 이르렀다. 초등학교 4학년을 넘어가면서부터는 적당히 무리 안에 섞여 있는 것도 가능했으니, 튀지 말라는 엄마의 소망도 이루어진 셈이다. 대부분은 그저 잠자코 있는 것만으로도 충분했다. 화내야 할 때 침묵하면 참을성이 많은 거고, 웃어야 할 때 침묵하면 진중한 거고, 울어야 할 때 침묵하면 강한 거다. 침묵은 과연 금이었다. 대신 '고마워.'와 '미안해.'는 습관처럼 입에 달고 있어야 했다. 그 두 가지 말은 곤란한 많은 상황들을 넘겨 주는 마법의 단어였다. 여기까진 쉬웠다. 상대방이 내게 천 원을 내면 거스름돈을 이삼백 원 내주는 것과 비슷했다.

어려운 건 내가 먼저 천 원을 내는 거였다. 그러니까, 뭔가를 원한다거나, 하고 싶다거나, 어떤 것을 좋다고 표현하는 일들. 그런 게 힘든 이유는 여분의 에너지가 필요하기 때문이다.

내가 먼저 돈을 내야 하는데 사고 싶은 것도 없고, 얼마를 내야 할지도 모르는 상황. 잔잔한 호수에 억지로 파도를 치게 만드는 것처럼 버거웠다.

가령 전혀 먹고 싶지 않은 초코파이를 보며 "먹고 싶어."라고 말하는 것. 그러면서 "나도 하나 줄래?"라며 미소를 짓는 것. 누가 나를 툭 치고 지나가거나 약속을 어겼을 때 왜 그랬느냐고 따져 묻는 것. 그러면서 두 주먹을 불끈 쥐고 눈물을 흘리는 것.

그런 것들이 내겐 가장 힘든 일이었다. 기왕이면 아예 안 하고 싶었지만 엄마는 사람이 너무 잔잔한 호수처럼 보여도 이상한 애로 낙인찍힐 수 있다고 했다. 그러니까 그런 것도 '아주 가끔씩은' 해야 한다고.

—인간은 교육의 산물이야. 넌 할 수 있어.

엄마는 모든 게 다 나를 위해서라고 했고 다른 말로는 그걸 '사랑'이라고 불렀다. 하지만 내가 보기에 그건 엄마의 마음이 아프지 않도록 하려는 몸부림에 더 가까웠다. 엄마의 말대로라면 사랑이라는 건, 단지 눈물이 그렁그렁한 눈으로 상대를 바라보면서 이럴 땐 이렇게 해야 한다, 저럴 땐 저렇게 해야 한다, 사사건건 잔소리를 늘어놓는 것에 불과했다. 그런 게 사랑이라면 사랑 따위는 주지도 받지도 않는 편이 좋지 않을까. 물론 그 말을 입 밖에 내지는 않았다. 엄마의 행동 강령 중 '너무 솔직하게 말하면 상대에게 상처를 준다.'라는 덕목을 입이 닳도록 외운 덕이다.

11

할멈식으로 표현하자면 나는 엄마보다는 할멈과 '쿵짝이 더 잘 맞는' 편이었다. 사실 엄마와 할멈은 둘 다 자두맛 캔디를 좋아한다는 것 말고는 생김새부터 취향, 성격까지 같다고 말할 수 있는 게 거의 없었다.

할멈은 엄마가 어린 시절 가게에서 제일 먼저 훔친 게 자두맛 캔디라고 했다. '제일 먼저'라는 말을 들은 엄마가 재빨리 그게 처음이자 마지막이었다고 큰 소리로 덧붙였지만 할멈은 배시시 웃으며 이렇게 말할 뿐이었다.

—바늘 도둑이 소도둑 되지 않았으니 얼마나 다행이냐.

두 사람이 자두맛 캔디를 좋아하는 이유는 좀 유별났다. 그 사탕은 '단맛과 피 맛을 동시에 느낄 수 있게' 해 준다는 것이었다. 오묘하게 반짝이는 흰 바탕에 빨간 줄이 쓰윽 그어진 자두맛 캔디. 그걸 입 안에서 굴리는 건 둘의 소중한 즐거움 중 하나였다. 그 빨간 줄은 유독 빨리 녹아서 먹다 보면 혀를 베기 일쑤였다.

—그런데 참 신기한 게 말이야, 짭조름한 피 맛이 단맛이랑 어우러지는 게 그럴듯하거든.

엄마가 오라메디를 찾을 동안 할멈은 사탕 봉지를 품에 안은 채 환하게 웃으며 말하곤 했다. 할멈의 얘기는 이상하게 몇 번을 들어도 지루하지 않았다.

할멈은 내 인생에 갑자기 등장한다. 삶에 지친 엄마가 마침내 할멈에게 SOS를 치기 전까지 엄마와 할멈은 7년 가까이 서로 연락을 끊다시피 하고 살았다. 혈육의 정마저 끊게 한 건 외간 남자, 즉 나의 아빠였다.

엄마가 아직 배 속에 있을 때 할아버지를 암으로 잃은 할멈은, 엄마가 아비 없는 자식이라는 말을 듣지 않게 하려고 젊음을 다 써 버렸다. 오로지 자식을 위해 산 삶이나 다름없었다. 다행히 딸은 특출하진 않았어도 공부를 곧잘 했고 서울에 있는 여자 대학에 진학했다. 그렇게 키운 딸이, 여대 앞에 좌판을 깔고 액세서리 장사를 하는 웬 놈팡이—이게 할멈이 아빠를 지칭하는 말이었다—한테 눈이 먼 거였다. 놈팡이는 귀한 딸에게 아마도 좌판에 널려 있던 것 중 하나였을 싸구려 반지를 끼워 주며 영원한 사랑의 서약을 했다. 할멈은 눈에 흙이 들어가기 전까진 허락할 수 없다고 했지만, 사랑은 누가 허락하거나 허락하지 않는 결재 서류가 아니라고 엄마는 받아쳤고 그 결과 뺨을 맞았다.

엄마는 그렇게 반대하면 임신할 거라고 오히려 할멈을 협박했다. 정확히 한 달 뒤에 협박은 현실이 되었다. 할멈은 아이를 낳겠다면 다시는 보지 말자고 최후통첩을 했고 엄마는 정말로 집을 나갔다. 그것으로 할멈과 엄마의 연은 '일단' 끊겼다.

나는 아빠를 실제로 본 적이 없다. 사진으로만 몇 번 봤을 뿐이다. 내가 엄마 배 속에 있을 때 술 취한 오토바이 운전자가 아빠의 좌판을 덮쳤다. 그 자리에서 아빠는 목숨을 잃었다. 값싼 색색의 액세서리들만 남긴 채. 그러고 나니 엄마는 더더욱 할멈한테 연락할 수가 없었다. 사랑을 찾아 집을 나갔다가 불행을 짊어지고 돌아가고 싶진 않았다. 그렇게 7년이 흘렀다. 버티고 버티다가 도저히 못 버틸 때까지. 엄마 혼자서는 나를 감당할 수 없다는 걸 깨달을 때까지.

12

할멈과 나는 맥도날드에서 처음 만났다. 엄마는 그날따라 평소엔 잘 사 주지 않는 버거 세트를 두 개나 시켜 놓고는 자신은 손도 대지 않았다. 엄마의 시선은 출입구를 향해 있었는데, 누군가가 들어올 때마다 눈이 커졌다가 작아졌다가, 상반신을 곧추세웠다가 숙였다가 하길 반복했다. 나중에 엄마에게 물었더니 그건 두려움과 안도감이 뒤섞일 때 나타나는 행동 중 하나라고 했다.

마침내 지쳐 버린 엄마가 엉덩이를 들썩이며 나갈 채비를 하던 그 순간, 출입구가 휑 열리며 바람이 훅 끼쳐 들어왔다. 고개를 들자 어깨가 떡 벌어지고 기골이 장대한 여자가 서 있었다. 회색 머리카락 위로 눌러쓴 보라색 모자엔 깃털이 꽂혀 있었다. 동화책에서 본 로빈 훗과 닮은 모습이었다. 그녀가 바로, 엄마의 엄마였다.

할멈은 무척 컸다. 크다는 말밖엔 할멈을 묘사하기에 적당한 단어가 떠오르지 않는다. 굳이 비유하자면 할멈은 영원히

죽지 않는 커다란 떡갈나무 같았다. 몸도 목소리도, 심지어 그림자마저도 큼직큼직했다. 특히나 손은 힘 좋은 남자의 손처럼 두툼했다. 할멈은 내 앞에 앉아 팔짱을 끼고 입을 한일자로 꾹 다문 채 침묵했다. 엄마가 눈을 내리깔고 웅얼거리며 무슨 말인가를 꺼내려고 하자 할멈이 낮고 굵직한 목소리로 명령했다.

—일단 먹어라.

엄마는 하는 수 없이 다 식어 버린 버거를 꾸역꾸역 입 안으로 밀어 넣기 시작했다. 마지막 프렌치프라이 한 조각까지 다 사라진 뒤에도 모녀 사이엔 말이 없었다. 나는 손끝에 침을 묻혀 밤색 플라스틱 쟁반 위에 흩어진 프렌치프라이 부스러기를 하나씩 눌러 먹으며 다음 상황을 기다렸다. 굳게 팔짱을 낀 할멈 앞에서 엄마는 입술을 깨문 채 자신의 구두 끝만 바라보았다. 더 이상 쟁반 위에 아무것도 남지 않았을 때 드디어 엄마가 두 손으로 내 양어깨를 잡고 모기만 한 목소리로 말했다.

—얘예요.

할멈은 크게 숨을 들이쉬며 몸을 뒤로 기울이더니 끄응, 하는 소리를 냈다. 나중에 할멈에게 물어보니 그 끄응은 '잘 좀 살지, 썩을 년.'이라는 뜻이었단다. 할멈은 맥도날드 안이 쩌렁쩌렁 울리도록 외쳤다.

—꼴 좋다.

사람들이 우리를 쳐다봤고 엄마는 울기 시작했다. 엄마는 거의 벌어지지 않은 입술 사이로 지난 몇 년간 자신의 인생에 불어닥친 풍파를 털어놓았다. 내게는 처음부터 끝까지 훌쩍이는 울음에 간간이 섞인 코 푸는 소리로만 들렸지만 용케도 할멈은 엄마의 말을 모두 알아들은 모양이었다. 빗장 잠그듯 팔짱을 끼었던 팔은 어느새 풀려 무릎 위에 얹혀 있었고 얼굴에 흐르던 윤기는 말라 버렸다. 나에 대한 설명이 이어지는 동안 할멈의 표정은 엄마와 비슷해 보이기까지 했다. 엄마의 얘기가 다 끝난 뒤에도 할멈은 한동안 침묵을 지키더니 갑자기 표정을 바꾸었다.

—네 엄마 말이 사실이라면, 넌 괴물이 틀림없다.

엄마가 입을 쩍 벌리고 할멈을 바라봤다. 할멈은 내 눈 가까이 얼굴을 들이밀며 웃고 있었다. 입꼬리가 한껏 올라가고 눈꼬리는 아래로 축 처져서 입과 눈이 만날 것 같은 미소였다.

—세상에서 가장 귀여운 괴물. 그게 너구나!

그러곤 내 머리통을 아프도록 쓰다듬었다. 그때부터 우리 셋의 생활이 시작됐다.

13

할멈과 함께 살게 된 엄마가 고른 새로운 직업은 헌책을 파는 거였다. 물론 할멈의 도움이 있어서였다. 하지만 엄마 표현에 따르면 '뒤끝 작렬'인 할멈은, 틈만 나면 투덜대곤 했다.

—하나 있는 자식 공부시키자고 평생 떡을 팔아 놨더니, 지 공부는 못 하고 헌책 장사나 하고 있군. 썩을 년.

'썩을 년'이라는 말은 글자 그대로 해석하면 꽤 끔찍한 표현인데도 할멈은 자나 깨나 엄마를 향해 그 소리를 퍼부어 댔다.

—엄마는 딸한테 썩을 년이 뭐야, 썩을 년이?

—내가 틀린 말 했냐? 어차피 사람은 다 죽어서 썩게 돼 있다. 욕이 아니라 사실을 말한 거지.

어쨌든 할멈과의 재결합으로 그 전까지 이사를 반복하던 우리는 정착 생활을 하게 됐다. 적어도 할멈은 엄마에게 더 돈 되는 일을 택하라는 타박은 하지 않았다. 할멈에게는 이른바 활자에 대한 동경이 있었다. 그랬기에 없는 형편에도 어린 엄마에게 책을 많이 사 주었고 엄마가 '글자깨나 읽는 가방끈 긴 여자'가 되길 원했던 거다. 할멈은 엄마가 작가가 되기를 바랐다고 한다. 더 나아가, 평생 결혼하지 않고 고독하되 멋있게 나이들, 소위 '여류' 작가가 되기를 꿈꿨던 것 같다. 그건 사실, 지난 세월을 되돌릴 기회가 주어진다면 할멈 자신이 살고 싶은 인생이었다. 엄마에게 '지은'이라는 이름을 지어 준 것도 그래서였다.

—지은아, 지은아, 부를 때마다 멋들어진 글자를 지어낼 줄 알았는데, 똑똑해지라고 책을 많이 읽혔더니 책에서 배운 거라곤 고작 무식한 남자랑 무모한 사랑에 빠지는 거였다니. 으이그…….

할멈은 종종 툴툴거렸다.

이미 인터넷 중고 거래가 성행하는 풍토에서 헌책방이 잘되는 장사라고 생각할 사람은 없었다. 그런데도 엄마는 끝까지 헌책방을 고집했다. 헌책방은 현실적인 엄마가 내린 가장 비현실적인 결정이었다. 그건 엄마가 오랫동안 품고 있던 꿈이기도 했다. 한때는 할멈의 소망대로 엄마에게도 작가가 꿈인 시절이 있었으니까. 하지만 인생이 할퀴고 간 자국들을 엄마는 차마 글로 쓸 수가 없다고 했다. 자신의 삶을 팔아야 하는데 그럴 자신이 없다고, 그건 작가의 깜냥이 아닌 거라고 했다. 그 대신 엄마는 다른 사람들의 책을 팔기로 했다. 이미 시간의 냄새가 밴 책들. 때 되면 들어오는 신간들 말고, 이왕이면 엄마가 하나하나 고를 수 있는 것들로. 그게 헌책이었다.

가게가 자리 잡은 곳은 수유동 주택가 골목이었다. 아직까지 수유리로 부르는 사람이 많은 동네. 과연 여기까지 누가 헌책을 사러 올까 싶었지만 엄마는 자신만만했다. 엄마는 오래된 책들을 고르는 안목이 탁월했고 싼값에 마니아들이 좋아할 만한 책들을 사들이는 방법을 알았다. 집은 가게 뒤에 딸려 있었다. 방 두 개에 거실, 욕조 없는 화장실. 우리 셋이 살기에는 충분했다. 자다가도 손님이 부르면 나올 수 있었고 내키지 않으면 가게 문을 걸어 잠그면 그만이었다. 반짝이는 유리창 위에 '헌책방'이라는 글자가 붙었고 '지은이 책방'이라는 간판도 내걸렸다. 가게를 열기 전날 밤 엄마는 손을 탁탁 털고는 씨익 미소 지었다.

—이제 더는 이사 안 가. 여기가 바로, 우리 집이니까.

그 말은 사실이 됐다. 할멈은 희한한 일이라고 자주 중얼거렸지만, 어쨌든 먹고살 만큼은 책이 팔렸다.

14

나도 그곳이 편안했다. 다른 사람들의 언어로는 '좋았다'라거나 '맘에 든다'가 될지도 모르지만 내가 쓸 수 있는 단어로는 '편안하다'가 최대치다. 정확히 말하자면 헌책의 냄새가 익숙하게 다가왔다. 처음 맡았을 때부터 이미 알고 있는 것을 대하듯이. 틈만 나면 책을 펼쳐 들고 냄새를 맡는 나에게 할범은 퀴퀴한 헌책 냄새는 맡아 뭐하느냐고 핀잔을 놓았다.

책은 내가 갈 수 없는 곳으로 순식간에 나를 데려다주었다. 만날 수 없는 사람의 고백을 들려주었고 관찰할 수 없는 자의 인생을 보게 했다. 내가 느끼지 못하는 감정들, 겪어 보지 못한 사건들이 비밀스럽게 꾹꾹 눌러 담겨 있었다. 그건 텔레비전이나 영화와는 애초에 달랐다.

영화나 드라마 혹은 만화 속의 세계는 너무나 구체적이어서 더 이상 내가 끼어들 여지가 없었다. 영상 속의 이야기는 오로지 찍혀 있는 대로, 그려져 있는 그대로만 존재했다. 예를 들어, '갈색 쿠션이 있는 육각형의 집에 노란 머리의 여자가 한쪽 다리를 꼬고 앉아 있다.'가 책 속의 문장이라면 영화나 그림은 여자의 피부색, 표정, 손톱 길이까지 전부 정해 놓고 있었다. 그 세계에 내가 변화시킬 수 있는 건 아무것도 없었다.

책은 달랐다. 책에는 빈 공간이 많기 때문이다. 단어 사이도 비어 있고 줄과 줄 사이도 비어 있다. 나는 그 안에 들어가 앉거나 걷거나 내 생각을 적을 수도 있다. 의미를 몰라도 상관없다. 아무 페이지나 펼치면 일단 반쯤 성공이다.

나는 너를 사랑하겠노라.
그것이 죄가 될지 독이 될지 혹은 꿀이 될지
영원히 알 수 없더라도
나는 이 항해를 멈추지 않으리.

의미는 전혀 와닿지 않지만 상관없다. 눈으로 글자를 따라가는 것으로 충분하다. 책의 향을 느끼며 한 글자 한 글자, 모양과 획을 눈으로 천천히 좇는다. 그건 내게 아몬드를 씹는 것만큼이나 신성한 의식이었다. 눈으로 충분히 글자를 더듬었다고 생각되면 이번엔 소리를 내어 읽어 본다. 나는, 너를, 사랑하겠노라. 그것이 죄가, 될지, 독이, 될지, 혹, 은꿀이, 될지, 영원히알, 수없, 더라, 도나, 는, 이항, 해를, 멈추, 지않, 으리.

글자를 씹듯이 음미하며 목소리로 내뱉는다. 계속 계속, 외울 때까지 계속. 같은 말을 여러 번 되뇌면 말의 뜻이 흐릿해지는 때가 온다. 그러다 어느 순간 글자는 글자를 넘어서고, 단어는 단어를 넘어선다. 아무런 의미도 없는 외계어처럼 들린다. 그럴 때면 내가 헤아리기 힘든 사랑이니 영원이니 하는 것들이 오히려 가까이 다가온 것 같은 느낌이 들곤 했다. 나는 이 재밌는 놀이를 엄마에게 소개했다. 그러자 엄마는 이렇게 말했다.

—뭐든 여러 번 반복하면 의미가 없어지는 거야. 처음엔 발전하는 것처럼 보이고 조금 더 지난 뒤엔 변하거나 퇴색되는 것처럼 보이지. 그러다 결국 의미가 사라져 버린단다. 하얗게.

사랑. 사랑. 사랑. 사랑. 사랑. 사.랑. 사아아라아아앙. 사랑. 사랑사. 랑사. 랑사.

영원. 영원. 영원. 영.원. 여어엉. 워어어언.

자, 이제 의미가 사라졌다. 처음부터 백지였던 내 머릿속처럼.

15

계절은 도돌이표 안에서 움직이듯 겨울까지 갔다 다시 봄으로 돌아오기를 되풀이했다. 엄마와 할멈은 이런저런 일들로 티격태격하고 자주 깔깔대다가도 땅거미가 지기 시작하면 어김없이 말수가 줄어들었다. 해가 공기를 붉게 물들이면 할멈이 소주를 들이켜며 캬, 소리를 냈고 엄마는 가슴에서부터 나오는 목소리로 좋다, 하고 장단을 맞췄다. 캬, 좋다! 엄만 그 말의 뜻이 행복이라고 했다.

엄마는 인기가 많았다. 할멈과 함께 살게 된 뒤에도 몇 차례 연애를 했다. 할멈은 성격도 모난 엄마에게 남자들이 들러붙는 이유는 엄마가 젊은 시절의 자신을 닮아서라고 말했다. 그럴 때마다 엄마는 입을 삐죽댔지만 결국은, "우리 엄마가 예쁘긴 했지."라고 확인할 길 없는 말을 읊조렸다. 엄마의 남자친구들을 궁금해한 적은 별로 없다. 엄마의 연애 패턴은 일정했다. 먼저 접근하는 건 늘 남자들이었지만 끝에 가서 매달리는 건 언제나 엄마였다. 할멈은 남자들이 원하는 건 그저 연애

인데, 엄마가 원하는 건 내 아빠가 되어 줄 남자여서 그런 거라고 했다.

엄마는 호리호리한 몸매를 지녔다. 동그랗고 검은 눈에 늘 밤색 아이라이너를 그려서 그리지 않아도 큰 눈이 더 커 보였다. 허리까지 오는 긴 생머리는 미역처럼 까맸고 입술은 늘 붉게 칠해 뱀파이어를 연상시켰다. 이따금 나는 엄마의 옛 사진들을 들춰 보곤 했는데, 어린 시절부터 마흔이 가까운 나이가 되도록 사진 속의 엄마 모습은 변함이 없었다. 옷차림이며 머리 모양, 생김새까지도 모두 비슷했다. 영원히 변하지 않고 늙지 않은 채 키만 조금씩 자란 것 같았다. 나는 '썩을 년'이라는 할멈의 입버릇에 기분 나빠하는 엄마를 위해 '썩지 않는 여자'라는 별명을 붙여 줬다. 하지만 엄마는 입을 삐죽 내밀며 그 별명도 맘에 들지 않는다고 했다.

할멈도 늙지 않기는 마찬가지였다. 회색 머리는 더 검어지지도 희어지지도 않았고, 거대한 몸집이나 사발로 들이켜는 술의 양은 해가 가도 수그러들 기미가 보이지 않았다.

해마다 동짓날이 되면 우린 옥상에 올라가 폴라로이드 카메라를 벽돌에 괴어 놓고 가족사진을 찍었다. 늙지 않는 뱀파이어 엄마와 거인 할머니를 둔 소년인 나만이, 변하지 않는 두 여자 사이에서 홀로 쑥쑥 자라났다.

그해. 그 일이 있던 해. 그 겨울. 첫눈이 내리기 얼마 전 나는 엄마의 얼굴에서 낯선 것을 발견했다. 처음엔 짧은 머리카락이 얼굴에 달라붙은 줄 알았다. 떼어 주려고 손을 뻗었다. 그런데 머리칼이 아니라 주름이었다. 언제 생겼는지도 몰랐는데 꽤 깊이, 그리고 길게 파여 있었다. 처음으로 엄마가 늙는 걸 알았다.

—엄마도 주름이 있네.

내 말에 엄마는 방긋 미소를 지었고, 그러자 주름이 길게 뻗어 나갔다. 나는 점차 늙어 가는 엄마를 상상해 보았지만 잘 그려지지 않았다. 아무래도 믿을 수 없는 일이었다.

—이제 엄마에게 남은 건 늙는 일밖에 없단다.

그렇게 말하는 엄마의 얼굴엔 웬일인지 웃음기가 지워져 있었다. 엄마는 무표정하게 먼 곳을 바라보다가 눈을 꾹 감았다. 무슨 생각을 했던 걸까. 늙어서 호호 할머니가 된 모습을 상상하는 거였을까. 하지만 엄마의 말은 틀렸다. 엄마에게 늙을 기회 같은 건 주어지지 않았다.

16

설거지를 하거나 바닥의 먼지를 닦을 때면 할멈은 딱히 멜로디랄 것도 없는 음에 가사를 실어 흥얼거리곤 했다.

여름이면 옥수수, 겨울이면 밤고구마.
맛있어요, 달아요, 어서어서 먹읍시다.

옥수수와 고구마는 할멈이 젊은 시절 고속터미널 역에서 팔던 것들이었다. 역 입구에 쭈그리고 앉아 오가는 행인들을 상대로 팔던 것들.

젊은 할멈이 유일하게 눈으로나마 누린 호사는, 일이 끝난 뒤 길고 긴 고속터미널 역 안을 쏘다니는 거였다. 그중에서도 할멈의 혼을 쏙 빼 간 건 부처님 오신 날과 크리스마스 풍경이었다. 늦봄에서 초여름이면 터미널 밖으로 연등이 줄지었고, 겨울이 되면 그 안은 화려한 크리스마스 장식들로 가득 찼다. 자신의 일터였음에도 그런 풍경들은 할멈에게 동경의 세계였다. 조악하게 만든 연등이나, 가짜 나무인 크리스마스트리가 그렇게도 가져 보고 싶었다. 그런 할멈이 옥수수와 군고구마를 팔아 모은 돈으로 떡볶이 가게를 얻고 나서 가장 먼저 한 일은 예쁜 연등과 미니 크리스마스트리를 산 것이었다. 계절은 상관없었다. 할멈의 떡볶이 가게엔 사시사철 연등과 크리스마스 장식이 사이좋게 달려 있었다.

할멈이 떡볶이 가게를 닫고 엄마가 헌책방을 연 뒤에도 할멈의 철칙 중 하나는 무슨 일이 있어도 부처님 오신 날과 크리스마스만큼은 제대로 챙겨야 한다는 거였다.

—예수랑 부처가 진짜 성인인 건 분명하구나. 겹치지도 않게 계절을 골라 태어났으니 말이야. 하지만 굳이 하나를 고르라면, 뭐니 뭐니 해도 크리스마스이브지.

할멈이 내 머릴 쓰다듬으며 말했다.

크리스마스이브는 내 생일이었다. 그날이 되면 우린 늘 내 생일을 기념해 맛있는 밥을 먹으러 나가곤 했다. 그해 크리스마스이브에도 우리 셋은 나갈 채비를 했다. 아주 춥고 축축한 날이었다. 하늘은 흐렸고 습기를 머금은 공기가 피부 밑으로 파고들었다. 코트를 여미면서도 나는 굳이 내 생일을 축하하러 나갈 필요가 없다고 생각했다. 정말이지, 나가지 않는 쪽을 택했어야 했다.

17

시내는 인파로 술렁였다. 여느 크리스마스이브와 다른 점이 있다면 버스를 탄 지 얼마 안 돼 눈이 내리기 시작했다는 거였다. 길은 끝없이 막혔고 라디오에선 10년 만의 화이트 크리스마스가 되겠다며, 크리스마스인 내일까지 폭설이 이어질 전망이라는 멘트가 흘러나왔다. 내 기억에도 내 생일에 눈이 내린 건 그때가 처음이었다.

흩날리는 눈은 빠른 시간 동안 무서울 정도로 쌓여 갔고 도시를 삼킬 것처럼 끝없이 쏟아졌다. 잿빛이었던 도시의 풍경이 부드러워졌다. 그래서인지 버스에 탄 사람들도 꽉 막힌 도로 사정에 대해 별로 불만이 없었다. 모두들 홀린 것처럼 창밖을 내다보거나 스마트폰으로 사진을 찍어 댈 뿐이었다.

—냉면을 먹어야겠다.

할멈이 툭 뱉었다.

—거기다 뜨끈한 고기만두.

엄마가 짭짭, 소리를 냈다.

—거기다 뜨거운 육수 추가요.

내가 이렇게 덧붙이자 모녀는 마주 보며 헤헤 웃었다. 얼마 전 내가 왜 사람들은 겨울엔 냉면을 잘 먹지 않느냐고 물은 걸 떠올린 모양이었다. 어쩌면 엄마와 할멈은 내가 그렇게 묻는 게 냉면이 '먹고 싶어서'라고 생각했는지도 모른다.

졸다 깨길 반복하다 겨우 버스에서 내린 우리는 청계천을 따라 하염없이 걸었다. 이제 세상은 온통 하얗기만 했다. 고개를 들자 허연 눈송이들이 엄청나게 빠른 속도로 떨어지고 있었다. 엄마는 소리를 지르며 어린아이처럼 하늘을 향해 혀를 내밀고 눈을 받아먹었다. 할멈이 예전에 가 본 적 있다는 골목길 안쪽 오랜 전통의 냉면집은 사라지고 없었다. 바지 끝단을 적신 물기가 점점 위로 올라와 종아리가 차가워질 때쯤 우리는 엄마가 스마트폰으로 간신히 찾은 냉면집에 들어갔다. 즐비한 카페들 사이에 있는 프랜차이즈 냉면집이었다.

평양식이라고 커다랗게 써 붙인 대로, 면발은 이가 닿기 무섭게 뚝뚝 끊어졌지만 그뿐이었다. 육수에선 누린내가 났고 왕만두에선 탄내가, 냉면에선 사이다 맛이 났다. 냉면을 처음 먹어 보는 사람이라도 알아챌 수 있을 정도로 공들이지 않은 가벼운 맛이었다. 그런데도 할멈과 엄마는 그릇을 싹싹 비웠다. 때로는 맛보다 분위기가 식욕을 돋게 하나 보다. 그날은 물론 눈 때문이었다. 할멈과 엄마의 얼굴엔 시종일관 미소가 걸려 있었다. 나는 커다란 얼음덩이를 입 안에 넣고 굴렸다.

—생일 축하한다.

할멈이 말했다.

—태어나 줘서 고마워.

엄마가 내 손을 조물거리며 덧붙였다. 생일 축하해. 태어나 줘서 고마워. 어딘지 식상한 표현이라고 생각했다. 하지만 그런 말을 해야 하는 날들이 있는 거다.

다음 행선지를 정하지 않은 채 우리는 일어섰다. 할멈과 엄마가 계산을 하는 사이 나는 카운터 앞에 놓인 바구니에서 자두맛 캔디를 발견했다. 정확히 말하자면 바구니 안에는 누가 먹고 남긴 자두맛 캔디의 빈 껍질이 덩그러니 하나 놓여 있었다. 내가 그걸 만지작거리자 종업원이 미소를 지으며 사탕을 가져다줄 테니 조금 기다리라고 했다.

할멈과 엄마가 먼저 바깥으로 나갔다. 여전히 눈은 펄펄 내리고 있었고 엄마는 뭐가 그리 좋은지 깡충깡충 뛰며 손을 뻗어 눈송이를 잡으려 애썼다. 할멈은 그런 엄마를 보며 배를 잡고 웃다가 창 너머로 나를 향해 환한 웃음을 보냈다. 종업원이 다가와 커다란 사탕 봉지를 뜯었다. 작은 바구니에 선물처럼 낱개의 캔디들이 넘치도록 쏟아졌다.

—괜찮죠? 크리스마스이브니까.

나는 두 주먹 가득 사탕을 움켜쥔 채 종업원에게 물었다.

종업원은 조금 머뭇거리더니 이내 웃으며 고개를 끄덕였다.

창밖에선 여전히 엄마와 할멈이 웃고 있었다. 두 여자 앞으로 거리 공연을 펼치는 혼성 합창단의 행렬이 길게 지나갔다. 모두들 빨간 산타 모자를 쓰고 빨간 망토를 두른 채 캐럴을 부르고 있었다. 노엘 노엘 노엘 노엘. 이스라엘 왕이 나셨네. 나는 양쪽 주머니에 손을 찔러 넣고 사탕 봉지의 뾰족한 감촉을 느끼며 문을 향해 다가갔다.

그 순간 여러 사람이 동시에 함성을 내질렀다. 캐럴 소리가 잦아들었다. 또다시 이어진 함성은 몇 개의 비명으로 갈라졌다. 합창단의 대열이 흐트러져 있었다. 사람들이 손으로 입을 가리며 급히 뒷걸음질 치기 시작했다.

유리문 너머에서 한 남자가 하늘을 향해 무언가를 찔러 대고 있었다. 우리가 가게에 들어오기 전부터 주변을 어슬렁거리던 정장 차림의 남자였다. 차림새와 달리 한 손엔 칼이, 한 손엔 망치가 들려 있었다. 남자는 내리는 눈을 모두 찌르겠다는 듯 격한 몸짓으로 양손을 휘둘렀다. 그가 합창단을 향해 다가갔고 몇 사람이 급히 전화기를 꺼내는 모습이 보였다.

남자가 고개를 돌렸다. 그의 눈이 엄마와 할멈에게서 멈췄다. 그가 방향을 틀었다. 할멈이 엄마를 잡아끌었다. 다음 순간 믿을 수 없는 광경이 펼쳐졌다. 남자가 엄마의 머리 위로 망치를 내리찍었다. 한 번, 두 번, 세 번, 네 번.

엄마가 바닥에 피를 흩뿌리며 나동그라졌다. 나는 바깥으로 나가기 위해 문을 밀었지만 할멈이 소리를 지르며 문 앞을 몸으로 막아섰다. 남자는 망치를 땅에 떨구곤 다른 손에 쥔 칼로 공기를 몇 차례 벴다. 나는 유리문을 쾅쾅 두드렸지만 할멈은 고개를 저으며 온 힘을 다해 문 앞을 몸으로 막았다. 할멈은 거의 울다시피 하면서 내게 무언가를 반복해 말했다. 그러는 동안 할멈의 뒤로 남자가 다가왔다. 뒤를 돌아 남자를 본 할멈이 커다랗게 포효했다. 하지만 단 한 번뿐이었다. 할멈의 거대한 등이 내 눈앞을 가렸다. 유리에 피가 튀었다. 빨갛게. 더 빨갛게. 내가 할 수 있는 거라곤 점점 더 빨개지는 유리문을 바라보는 것뿐이었다. 그러는 동안 아무도 나서지 않았다. 저 멀리 얼어 있는 전경들이 보였다. 마치 남자와 엄마와 할멈이 한 편의 연극이라도 벌이고 있다는 듯 모두들 꼼짝 않고 바라보기만 했다. 모두가 관객이었다. 나도 그중 하나였다.

18

희생자들은 모두 남자와 아무런 관계가 없었다. 나중에 밝혀진 바에 따르면 남자는 매우 전형적인, 보통의 삶을 살던 '소시민'이었다. 그는 4년제 대학을 졸업하고 중소기업에서 14년간 영업직으로 일하다가 경기 침체로 갑작스러운 구조 조정을 당했다. 퇴직금으로 치킨집을 차렸지만, 2년이 지나지 않아 문을 닫았다. 그러는 와중에 빚을 얻었고 가족은 그를 떠났다. 그 후 남자는 집 안에서만 생활했는데 그 시간이 자그마치 3년 하고도 반이었다. 그는 반지하 방에 기거하며 근처 슈퍼에서 물건을 사거나 어쩌다 구립 도서관에 들르는 것 말고는 일절 집 밖으로 나오지 않았다.

그가 도서관에서 대출한 책들은 무술이나 호신술, 칼 쓰는 방법에 관한 것들이 대부분이었다. 그와 달리 집에서 발견된 책들은 성공의 법칙이나 긍정을 습관화하는 방법이 담긴 자기계발서들이었다. 남자의 초라한 책상 위에는 보란 듯이 크고 거친 필체로 쓴 유서가 놓여 있었다.

오늘 누구든지
웃고 있는 사람은
나와 함께 갈 것입니다.

남자의 일기장에는 그가 세상을 증오한 흔적이 남아 있었다. 즐거울 것 없는 세상에서 미소를 띤 채 다니는 사람들을 보면 살의를 느낀다는 암시도 여러 차례 기록되어 있었다. 남자의 삶과 기록들이 점차 수면 위로 떠오르자, 대중의 관심은 사건 자체보다 그가 왜 이런 선택을 할 수밖에 없었는가에 대한 사회학적 조명으로 바뀌었다. 남자의 삶이 자기네들의 삶과 그다지 다르지 않다고 생각한 중년 남자들은 비탄에 빠져 탄식했다. 남자에 대한 동정 여론이 퍼지기 시작했고, 초점은 이런 일이 벌어지게 된 대한민국의 현실로 옮겨 갔다. 누가 죽었는지 같은 건 별로 중요하지 않았다.

사건은 얼마간 뉴스를 장식했고 기사엔 '누가 이 남자를 살인자로 만들었나', '웃으면 죽어야 하는 나라, 대한민국' 따위의 표제가 붙었다. 얼마 지나지 않아 거품이 꺼지듯이 그마저도 사람들의 입에 더는 오르지 않게 되었다. 그렇게 되기까지 걸린 시간은 고작 열흘이었다.

유일하게 살아남은 건 엄마였다. 하지만 뇌가 깊은 잠에 빠져 다시 깨어날 가능성은 무척 낮았고, 깨어난다 하더라도 내가 알던 엄마가 아닐 거라고 했다. 희생자들은 자의 반 타의 반으로 합동 장례식을 치렀다. 나만 빼고는 모두가 울고 있었다. 처참하게 죽어 버린 가족 앞에 선 사람이라면 누구나 할 법한 몸짓과 표정으로.

장례식장에 온 여경 하나는 유족들에게 절을 하다가 눈물을 흘리기 시작했는데 한번 터진 울음은 멈출 줄을 몰랐다. 조금 뒤 나는 그녀가 복도 끝에서 나이 많은 남자 경찰에게 혼나고 있는 걸 봤다. 앞으로 이런 일은 부지기수로 보게 될 거야. 그러니까 무뎌지는 법을 터득해야 해. 순간 그와 내 눈이 마주쳤다. 그가 하던 말을 멈췄다. 나는 아무렇지 않게 꾸벅 인사를 하곤 화장실로 향했다.

사흘간의 장례 내내 별다른 표정의 변화가 없는 나를 두고 수군대는 소리가 들려왔다. 사람들은 다양한 추측을 하며 속닥거렸다. 너무 충격을 받아서 그럴 거야, 아직 어리니 뭘 알겠어, 엄마도 죽은 거나 다름없고 이제 고아나 마찬가진데 실감이 안 나니 저러지.

남들은 내게 슬픔이나 외로움, 막막함을 기대했을지도 모른다. 그러나 내 안에는 감정 대신 질문들이 떠다니고 있었다.

엄마와 할멈은 뭐가 그렇게 우스워서 깔깔댔던 걸까.

만약 그 일이 없었다면 우린 냉면집을 나와 어디로 향했을까.

그 남자는 왜 그랬을까.

TV를 부수거나 거울을 깨뜨리지 않고 왜 사람을 죽인 걸까.

왜 더 늦기 전에 누군가가 나서서 도와주지 않았을까.

왜.

하루에도 수만 번씩 질문이 꼬리에 꼬리를 물다가 원점으로 회귀해 처음부터 되풀이됐다. 하지만 내가 아는 답은 하나도 없었다. 경찰이나 근심 어린 표정의 심리 상담사에게도 내 마음속의 질문들을 털어놓아 보았다. 그들이 무엇이든 말해도 좋다고 했기 때문이다. 그러나 누구도 대답하지 못했다. 대부분은 침묵했고 몇몇은 말하려다가 그냥 입을 다물었다. 하긴, 답을 알고 있는 사람이 없으니 그럴 법도 했다. 할멈도 그 남자도 모두 죽어 버렸다. 엄마는 영원히 말할 수 없는 상태가 되었다. 그러므로 내 질문에 대한 답은 영원히 사라졌다. 나는 질문을 입 밖에 내는 걸 그만두기로 했다.

분명한 건 엄마와 할멈이 사라졌다는 사실이었다. 할멈은 영혼과 육신이 모두, 엄마는 껍데기만 남은 채로. 이제 내가 아닌 누구도 두 사람의 인생을 기억하지 못할 거다. 그러므로 나는 살아야 했다.

장례가 끝난 다음, 정확히 내 생일로부터 여드레 후, 새해가 됐다. 그렇게 나는 홀로 남았다. 이제 완전히 혼자였다. 남은 건 엄마의 헌책방에 쌓인 무수한 책뿐이었다. 그 외에는 대부분의 것이 사라졌다. 더는 집 안에 연등과 반짝이는 전구를 달 필요도, 희로애락애오욕을 외울 일도, 내 생일에 밥을 먹으러 인파를 뚫고 시내까지 나올 이유도 없어졌다.

2부

19

병원에는 매일 갔다. 엄마는 가만히 누워서 숨만 쉬고 있었다. 중환자실에 있던 엄마는 얼마 뒤에 6인실로 옮겨졌다. 나는 매일같이 가서 엄마 옆에 앉아 햇살을 쬐다 왔다.

의사는 냉정히, 깨어날 가망이 없다고 했다. 앞으로도 연명 외엔 별 의미가 없는 거라는 말과 함께. 간호사는 표정 변화 없이 엄마의 대소변을 갈아 냈다. 나와 힘을 합쳐 엄마의 몸을 들고 욕창이 생기지 않도록 때마다 뒤집었다. 커다란 짐을 취급하는 것과 비슷했다. 의사는 어떻게 할지 결정한 뒤 알려 달라고 했다. 그 말이 무슨 뜻인지 몰라 되물었다. 이대로 병원비를 계속 내며 살 것인지, 조금이라도 저렴한 교외의 요양 병원으로 옮길 것인지를 묻는 것이었다.

할멈의 사망 보험금이 어느 정도 나와 당장 먹고사는 데엔 문제가 없었다. 언제든 나 혼자 남겨질 것을 대비해 엄마가 그런 걸 마련해 놨다는 사실도 그때 알았다.

할멈의 사망 신고를 하러 갔다. 주민센터 직원들이 조용히 혀를 차며 고개를 돌렸다. 얼마 후 주민센터에서 파견한 사회복지사가 찾아왔다. 그는 집의 상태를 살피더니 내가 청소년이므로 시설로 인계될 수도 있는데 내 생각은 어떠냐고 물었다. 쉼터나 보호소 같은 곳으로 가는 것에 대해 말이다. 나는 생각할 시간을 달라고 했다. 생각할 시간을 달라는 건 사실 그 시간에 정말로 생각하겠다는 건 아니다. 그저 시간을 달라는 뜻이다.

20

집은 적막했다. 종일 내 숨소리만 들렸다. 두 사람이 남긴 글자들이 벽에 붙어 있었지만 가르쳐 줄 사람 없이는 의미 없는 장식에 불과했다. 시설에 가면 내 삶이 어떻게 될지는 사실 좀 뻔했다. 나는 상관없지만 엄마가 어떻게 될지 잘 그려지지 않았다.

엄마가 내게 무슨 조언을 할지 떠올려 봤다. 하지만 엄마는 대답할 수가 없다. 나는 엄마가 남긴 말들을 복기하며 힌트를 얻고자 했다. 가장 많이 했던 말이 떠올랐다. '정상적'으로 살 것.

휴대폰 애플리케이션을 하릴없이 뒤졌다. '폰과 대화하기'라는 앱이 눈에 띄었다. 그걸 열자 작은 대화창이 떴고 작은 이모티콘이 나타났다.

안녕.

전송을 누르기가 무섭게

안녕.

이라는 단어가 따라 나왔다.

잘 지내?

라고 썼다.

응. 넌?

나도.

굿.

정상적인 게 어떤 거니?

남들과 비슷한 것.

한동안 정적. 이번엔 좀 길게 써 봤다.

남들과 비슷하다는 건 뭘까.
사람은 다 다른데 누굴 기준으로 잡지?
엄마라면 내게 무슨 말을 했을까.

밥 다 됐어, 나와.

전송 버튼에 손이 닿았는지도 몰랐는데 말꼬리를 자르듯 답이 떴다. 조금 더 해 봤지만 계속 의미 없는 말들만 나왔다. 얘한테서 힌트를 얻긴 글렀다. 작별 인사 없이 앱을 껐다.

학교에 가기까지는 시간이 좀 있었다. 그 전까지 혼자 지내는 생활에 익숙해져야 했다.

보름 만에 책방 문을 열었다. 책장 사이를 걷자 먼지가 피어올랐다. 간간이 손님들이 들렀다. 인터넷 사이트를 이용해 물건을 주문하는 사람들도 있었다. 나는 사건이 벌어지기 전 엄마가 마지막으로 사려고 했던 중고 동화 전집을 좋은 가격에 사들여 가장 잘 보이는 곳에다 진열해 뒀다.

종일 몇 마디 내뱉지 않는 것이 오히려 편했다. 생각할 필요도 없었고 상황에 맞는 대화를 짜내려고 머리를 굴릴 필요도 없었다. 손님에겐 예, 아니요, 잠깐만요 정도면 충분했다. 그 외에는 카드를 긁거나 거스름돈을 헤아려 주거나 기계처럼 어서 오세요, 안녕히 가세요, 하고 말하는 게 전부였다.

어느 날 근처에서 어린이 독서 교실을 운영하는 아주머니가 들렀다. 이따금 할멈과 얘기를 나누기도 하던 아주머니였다.

—방학이라 아르바이트하는구나. 할머니는 어디 가셨니?

—죽었어요.

아주머니의 입이 벌어졌다. 그녀는 눈썹을 강하게 찌푸렸다.

—네 나이 때 그런 농담도 한다는 건 알지만, 아무리 그래도 그런 말 하는 거 아니야. 할머니가 어떻게 생각하시겠니.

—진짠데요.

아주머니는 팔짱을 끼더니 언성을 높였다.

—그럼 말해 보렴. 언제 어떻게 돌아가셨다는 거니.

—칼에 찔렸어요. 크리스마스이브 날에요.

—세상에…….

그녀가 두 손으로 입을 가렸다.

—뉴스에 나온 그 일이구나. 하늘도 무정하시지…….

아주머니가 성호를 긋고는 서둘러 밖으로 나섰다. 내게서 무언가가 전염되기 전에 얼른 피해야 한다는 듯이. 나는 그녀를 불러 세웠다.

—잠깐만요. 계산 안 하셨어요.

아주머니의 낯빛이 붉어졌다.

그녀가 나간 후 나는 잠깐, 엄마라면 이 상황에서 내가 어떻게 말하기를 바랐을지 생각해 봤다. 아주머니의 반응을 봤을 때 내가 실수를 했다는 건 명백하다. 하지만 어느 부분에서 실수한 건지, 그 실수를 실수가 아닌 것으로 만들려면 어떤 부분이 수정됐어야 하는지는 도무지 알 수가 없었다. 해외여행을 갔다고 할 걸 그랬나. 아니다. 그랬다면 참견하기 좋아하는 아주머니는 계속 질문을 던졌을 거다. 아니면 책값을 받지 말았어야 할까. 그것도 상식적으로 말이 안 된다. 침묵은 금. 그 속담을 참고하기로 했다. 웬만한 질문엔 답하지 말 것. 그런데 그 웬만함의 기준도 헷갈린다.

갑자기 떠오르는 책이 있었다. 글자라곤 지나가는 건물의 간판을 보는 게 전부였던 할멈이, 우연히 읽고 재미있다고 했던 책. 나는 1986년에 2,500원이라는 가격으로 팔리던 손바닥만 한 문고판 책을 간신히 찾아냈다.『현진건 단편선』. 그중「B 사감과 러브레터」.

B 사감은 밤중에 학생들의 러브레터를 훔쳐 읽으면서, 남자와 여자의 목소리를 번갈아 내며 1인극을 펼친다. 소설의 끝에 이르러 그 장면을 몰래 지켜본 세 명의 여학생은 저마다 반응이 다르다. 하나는 B 사감이 우습다며 비웃고 다른 한 명은 B 사감이 무섭다며 몸을 떨고, 세 번째 여학생은 B 사감이 불쌍하다며 눈물을 흘리는 것으로 이야기가 끝난다.

늘 한 가지 정답을 제시하던 엄마의 가르침에는 좀 위배됐지만 나는 그 결말이 나쁘지 않다고 생각했다. 마치 이 세상에 정해진 답은 없다고 말해 주는 것 같았다. 그러니까 남들이 어떤 말이나 행동을 한다고 해서 꼭 정해진 대응을 할 필요도 없지 않을까. 모두 다르니까, 나같이 '정상에서 벗어난 반응'도 누군가에겐 정답에 속할 수 있을지도 모른다.

엄마에게 이런 말을 했을 때 엄마는 당황스러워했다. 한참 동안 고민을 거듭한 끝에 엄마는 답을 짜냈다. 이야기가 우는 여고생으로 끝맺어져 있기 때문에, B 사감의 행동에 대한 적절한 반응은 세 번째 학생의 '운다'가 맞다는 거였다.

—하지만 두괄식이라는 게 있잖아요. 첫 번째 학생이 보인 반응이 맞는 것일 수도 있죠.

내 말에 엄마는 고개를 갸웃거렸다. 나는 멈추지 않고 물었다.

—그럼 엄마도, B 사감의 1인극을 봤다면 울었을 것 같아요?

옆에서 할멈이 끼어들었다.

—네 엄만 잠들면 누가 업어 가도 몰라서 오밤중에 깨지도 않았을 거다. 방에서 자는 엑스트라 여학생 중 하나였겠지.

껄껄 웃는 할멈의 목소리가 바로 옆에서 들려오는 듯했다.

갑자기 책 위로 어두운 그림자가 드리워졌다. 중년의 남자가 눈앞에 서 있었다. 다음 순간 그는 사라져 버렸다. 카운터 위엔 그가 남긴 쪽지가 하나 놓여 있었다. 2층으로 올라오라는 메시지였다.

21

책방은 야트막한 2층짜리 건물의 1층에 자리잡고 있었다. 건물의 2층은 빵집이었다. 빵집이 2층에 있는 게 흔한 일은 아니다. 게다가 허름한 간판에는 제대로 된 가게 이름도 없이 '빵'이라고만 적혀 있었다. 처음 간판을 본 할멈은 "맛없게 생겼다."라고 말했었다. 간판만 보고 어떻게 맛을 짐작할 수 있는지 나로선 상상이 되지 않았지만.

어쨌든 거기서 취급하는 빵은 소보로빵과 우유식빵, 크림빵이 전부였고 그나마 무슨 배짱인지 오후 네 시면 칼같이 문을 닫았다. 그런데도 가게가 꽤 잘돼서 사람들이 1층까지 줄을 선 걸 여러 번 볼 수 있었다. 덕분에 줄의 끝에 선 손님들이 잠깐씩 우리 가게에 들어올 정도였으니까.

엄마도 가끔 빵을 사 왔다. 빵 봉지엔 '심재영 제과점'이라고 적혀 있었다. 심재영은 빵집 사장의 이름이었는데, 엄마는 그를 심 박사라고 불렀다. 맛을 본 할멈에게선 더는 맛없게 생겼단 소리가 나오지 않았다. 나는 그저 그랬다. 여타 음식들이다 그렇듯. 아무튼 가게 안까지 들어가 보는 건 지금이 처음이었다.

심 박사가 내게 크림빵을 하나 권했다. 한입 베어 물자 병아리색의 찐득한 크림이 비어져 나왔다. 심 박사는 50대 초반이었지만 머리가 눈처럼 하얘서 60대로까지 보일 수도 있을 것 같았다.

—맛있니?

—느껴지긴 해요, 맛이.

—다행이네, 맛이 없진 않아서.

심 박사가 가볍게 웃었다.

—여기서 혼자 일하세요?

내가 주변을 둘러보며 물었다. 구조랄 것도 없었다. 뻥 뚫린 공간에 계산대와 진열대, 식탁 하나가 전부였다. 가운데 놓인 칸막이 뒤쪽이 반죽을 만들고 굽는 곳 같았다.

—응. 내가 사장이자 유일한 종업원이지. 그게 편해. 그럴 만하니까 그러는 거기도 하고.

필요 이상으로 긴 대답이었다.

—절 보자고 하신 이유는요?

박사는 내게 우유를 따라 주었다.

—네게 생긴 일은 정말 유감이야. 꽤 고민을 하다가 작게나마 돕고 싶어서 불렀다.

—어떻게요?

—글쎄. 초면에 말이 잘 안 나오겠지만, 네 쪽에서 필요한 거라든가 부탁할 건 없을까?

아까부터 심 박사는 테이블 위에 손가락을 딱딱 두드리고 있었다. 버릇인 것 같은데 계속 듣고 있자니 거북했다.

—그 소리를 안 내 주셨으면 좋겠네요.

박사가 안경 너머로 날 보더니 이내 빙그레 웃었다.

—디오게네스라고 들어 봤니? 갑자기 떠오르는 얘기가 있구나. 알렉산드로스 대왕이 뭐든 부탁을 들어주겠다고 하자, 디오게네스는 대왕의 그림자가 태양을 가리니 비켜 달라고 했지.

—전 선생님을 보고 알렉산드로스 대왕이 떠오르진 않는데요.

이번엔 그에게서 너털웃음이 터져 나왔다.

—엄마가 네 얘길 자주 하셨단다. 특별한 아이라고.

특별. 엄마가 그 단어를 어떤 의미로 썼을지 짐작이 갔다. 박사가 손가락을 접어 주먹을 쥐었다.

—손가락으로 탁자를 두드리는 건 지금은 멈출 수 있지만 습관이라 쉽진 않을 거야. 그리고, 내가 기대한 부탁은 좀 더 지속적인 거였는데.

—지속적인 거요?

—혼자서 생활하기 곤란하다면 경제적인 도움도 좋고.

—보험도 있고 뭐, 일단은 괜찮아요.

—엄마가 혹시 너한테 무슨 일이 생기면 잘 부탁한다고 자

주 말했었어. 우린 꽤 친한 편이었거든. 네 엄만 다른 사람의 기분을 좋아지게 만드는 사람이었지.

그가 과거형으로 말하고 있다는 걸 눈치챘다.

—보러 가셨나요, 병원에?

심 박사가 고개를 끄덕였다. 입꼬리가 아래로 조금 처졌다. 엄마 일을 슬퍼하는 거라면 엄만 조금은 기뻐할지도 모른다. 그게 엄마가 알려 준 팁이었다. 내 슬픔을 남이 같이 슬퍼한다면 기쁜 일이라고. 마이너스 마이너스 이퀄 플러스의 원리라고 했다.

—그런데 왜 박사라고 불리세요?

—의사였거든. 지금은 아니지만.

—흥미로운 직업 전환이네요.

박사는 또 웃음을 터뜨렸다. 차츰 알게 된 사실이지만 그는 내가 유머로 의도하지 않은 말들에도 자주 웃어 주었다.

—책을 좋아하니?

—네. 엄마를 도와서 가게에서 일했었어요.

—그럼 이렇게 하자. 네가 가게를 계속 운영하는 거야. 이 건물의 주인은 나란다. 그러니까 아르바이트로 계속 일하면 내가 월급을 줄게. 생명 보험금은 네가 대학에 가거나 중요한 일이 생길 때 쓰고, 생활비는 일단 아르바이트비로 충당하렴. 네가 동의만 해 준다면 복잡한 일들은 대충 처리해 놓을 테니.

나는 집으로 찾아온 사회 복지사한테 했던 것처럼, 생각해 보겠다고 말했다. 누군가가 예사롭지 않은 제안을 하면 일단 시간부터 끌라고 배웠으니까.

—어려운 일이 있으면 언제든 얘기하고. 너랑 얘기 나누는 게 생각보다 즐거워서 조금 놀랐다. 그리고 하기로 결정한다면 이왕 하는 거, 책은 최선을 다해 열심히 팔도록.

나가기 전 그에게 물었다.

—혹시 엄마와 사귀셨나요?

심 박사의 눈이 커졌다가 이내 가늘어졌다.

—그런 생각이 들었니? 우린 친구였단다. 꽤 좋은 친구.

그의 얼굴을 감쌌던 웃음기가 천천히 사라져 갔다.

22

심 박사의 제안을 수락했다. 여러모로 내게 위험한 일은 아닌 것 같았다. 더 이상 곤란한 상황은 일어나지 않았고 일상은 지속됐다. 나는 매출액을 늘려 보라는 말을 지키기 위해 매일 상태가 좋은 인기 도서나 공무원 수험서 따위를 검색하고 물량을 확보하며 시간을 보냈다. 추운 날씨엔 손님의 발길이 뚝 끊겨 온종일 입 한 번 뻥긋하지 않는 날도 있었다. 어쩌다 물을 마시기 위해 입을 열면 단내가 코로 훅 올라왔다.

책상 구석에 세워 둔 작은 액자 속의 우리 셋은 변함이 없었다. 웃고 있는 모녀와 표정 없는 나. 이따금씩 엄마와 할멈이 여행을 간 건 아닐까 하는 헛된 공상을 하곤 했다. 물론 결코 끝날 수 없는 여행이라는 것도 알고 있었다. 두 사람은 내 세계의 전부였다. 하지만 할멈과 엄마의 부재로 알게 된 건 세상에 다른 사람도 존재한다는 거였다. 한 명씩 천천히, 다른 사람들이 내 인생에 등장한다. 그 첫 번째가 심 박사였다. 박사는 가끔씩 책방에 들러 빵을 놓고 가거나 내 어깨를 꽉 잡으며 힘내라고 얘기했다. 힘이 빠지지도 않았는데.

땅거미가 내리면 엄마한테 갔다. 엄마는 잠자는 숲속의 공주처럼 가만히 누워 있기만 했다. 이 상황을 알고 있다면 엄만 나한테 뭘 바랐을까. 종일 침대 곁을 지키면서 몇 시간에 한 번씩 자기 몸을 뒤집어 주기를 바랐을까. 아닐 거다. 엄만 내가 학교에 다니는 걸 원했을 거다. 그게 바로 내 나이에 맞는 '정상적인' 삶일 테니까. 그래서 나는 학교에 다니기로 결심했다.

매서웠던 바람은 조금씩 기운을 잃어 갔다. 설이 다가오고 밸런타인데이가 지나고 사람들의 코트가 얇아지고 중학교를 졸업했다. TV나 라디오에서는 연일 1, 2월은 어떻게 지나가는지 모르겠다는 푸념들이 쏟아져 나왔다.

그리고 3월이 되었다. 유치원생은 초등학생이 되고 초등학생은 중학생이 되는 때였다. 나도, 고등학생이 되기 위해 새로운 학교로 갔다. 다시 선생님과 아이들을 매일 만나야 했다.

그러자, 조금씩 사정이 달라지기 시작했다.

23

새로 다니게 될 학교는 지은 지 20년쯤 된 남녀 공학 고등학교였다. 상위권 대학 진학률이 그다지 높진 않았지만 특별히 아이들이 드세다거나 안 좋다는 소문이 있는 곳은 아니었다.

심 박사가 입학식에 함께 가 준다고 했지만 거절했다. 나는 흔해 빠진 입학식 풍경을 멀찌감치서 홀로 구경했다. 건물은 붉은색이었는데, 최근에 내부를 새로 꾸민 탓에 건물 전체에 페인트 냄새며 건축 자재 냄새가 들어차 있었다. 교복이 아직 몸에 맞지 않고 뻣뻣했다.

학기가 본격적으로 시작된 다음 날 나는 담임에게 불려 갔다. 올해로 부임한 지 2년째 되는 여자 선생님으로, 나보다 고작 열 살 정도 많아 보였다. 담당 과목은 화학이었다. 담임은 상담실의 낡은 보라색 소파에 몸을 던지듯 털썩 앉았고 그 충격만큼의 먼지가 피어올랐다. 그녀는 주먹손을 쥐며 콜록거리더니 작은 목소리로 캐햄, 하고 헛기침을 했다. 여기서는 선생님이지만 어쩌면 집에선 귀염받는 막내딸쯤 될지 모른다. 줄

기차게 이어지던 캐햄 소리가 거슬릴 때쯤 담임이 경쾌하게 운을 뗐다.

—힘들었지? 내가 뭘 도와야 할까?

담임은 내가 겪은 일을 대강 알고 있었다. 유족들의 심리 상담사와 변호사가 학교에 연락을 한 모양이었다. 담임의 말이 떨어지기 무섭게 나는

—괜찮아요.

라고 말했다. 기대했던 대답이 아니었는지, 담임은 입꼬리를 양쪽으로 바짝 당긴 채 눈썹을 위로 살짝 올렸다.

이튿날 종례 시간에 일이 터졌다. 담임은 그사이 아이들의 이름을 외우느라 고생한 것 같았지만 누구도 그런 모습에 감동하지 않았다. 그녀가 수고롭게 외운 아이들의 이름은, 누구야 조용히 해, 누구야 좀 앉아 줄래, 따위로밖에 쓰이지 않았으니까. 학생들의 주목을 이끌어 내는 데 소질이 없는 사람인 건 분명했다. 3초에 한 번씩 헛기침을 하는 게 습관인지 중간중간 캐햄, 소리가 이어졌다.

—자, 그리고.

갑자기 담임이 톤을 높였다.

—우리 반 친구가 아주 마음 아픈 일을 겪었다. 지난 크리스마스에 가족을 잃은 친구가 있어. 모두들 그 친구에게 격려의 박수를 쳐 주자. 선윤재, 일어나.

담임이 시키는 대로 했다.

—윤재야, 힘내라.

담임은 먼저 그렇게 말하더니 양팔을 높이 들어 박수를 쳤다. 예능 프로에서 본, 녹화 현장 뒤에서 방청객의 박수를 유도하는 에프디 같았다.

아이들의 반응은 미적지근했다. 여기저기서 치는 둥 마는 둥 박수 시늉만 하는 모습이 눈에 들어왔다. 개중 성의껏 치는 아이들이 몇 있어서 그나마 박수 소리가 들리기는 했다. 박수는 짧게 사그라들었다. 그 뒤를 이은 건 정적에 가까운 고요 속에서 나를 바라보는 수십 개의 눈동자였다.

전날 담임이 내게 뭘 도와줄까 물었을 때 괜찮다고 말한 건 잘못된 답이었다.

—신경 꺼 주시는 게 돕는 거예요.

라고 말했어야 맞다.

24

나에 대한 소문이 퍼지는 데는 그리 오랜 시간이 걸리지 않았다. 검색 창에 '크리'라고 치기만 해도 자동 완성으로 크리스마스이브 살인, 크리스마스이브 사건 따위의 말이 떴고, 모친과 조모를 잃은 16세 선모 군에 관한 기사도 심심찮게 발견할 수 있었다. 장례식장에서 찍힌 내 사진은 모자이크 처리가 되어 있었지만 너무나 조악한 수준이라 나를 아는 사람이라면 충분히 알아볼 수 있었다.

아이들의 반응은 다양했다. 복도 멀리에서 나를 가리키거나 내가 지나갈 때 공공연히 수군대는 아이들도 있었고, 급식 시간에 일부러 내 옆에 와서 앉거나 말을 걸어 주는 애들도 있었다. 수업 중에 고개를 돌리면 영락없이 누군가와 눈이 마주쳤다.

어느 날 한 아이가 모두가 궁금해하는 걸 입 밖으로 냈다. 점심을 먹고 교실로 돌아가던 중이었다. 복도 창밖으로 작은 그림자가 일렁이는 게 보였다. 나뭇가지가 창문에 닿았다 떨어졌다 하고 있었다. 나뭇가지 끝엔 조그마한 개나리 순이 돋아 있었다. 문을 열고 나뭇가지를 반대 방향으로 틀어 주었다. 꽃이 햇볕을 받아야 좋겠다고 생각했기 때문이다. 그때 갑자기 쩌렁쩌렁한 목소리가 복도를 메웠다.

—야, 엄마가 눈앞에서 죽었을 때 기분이 어땠냐?

소리가 나는 쪽으로 몸을 돌렸다. 몸집이 작은 아이였다. 수업 시간에 선생님들에게 자주 말대답을 하고 자기의 행동으로 좌중에 어떤 분위기가 생겨나길 바라는 아이. 그런 애들은 어딜 가나 있다.

—엄만 안 죽었어. 죽은 건 할머니야.

내가 답하자 그 애의 입에서 호오, 하는 작은 감탄사가 흘러나왔다. 주변을 훑으며 눈이 마주친 몇몇과 낄낄대기도 했다.

—아 그래? 미안. 다시 물어볼게. 할머니가 눈앞에서 죽는 걸 본 기분은?

걔가 다시 물었다. 주변에서 여자애들이 어우 야, 뭐야, 하면서 야유했다.

—왜 그래, 너희도 다 알고 싶잖아.

그 아이가 양쪽 손바닥을 위로 향한 채 어깨를 들썩하며 말했다. 조금 전보다 목소리의 크기가 줄어 있었다.

—알고 싶어?

아무도 대답하지 않았다. 다들 가만히 서 있을 뿐이었다.

—아무렇지도 않아.

나는 창문을 닫고 교실로 들어갔다. 주변은 금세 다시 소란해졌지만 1분 전으로 돌아갈 수는 없었다.

25

그 일로 나는 좀 유명해졌는데, 물론 일반적인 기준에서 볼 때 별로 좋지는 않은 유명세였다. 내가 복도를 지나갈 때면 아이들은 바다가 갈라지듯 양옆으로 비켜섰다. 곳곳에서 쑥덕이는 소리가 들려왔다. 재야, 재. 생긴 건 평범하네, 따위의 말들. 나를 보러 1학년 복도까지 찾아온 2학년이나 3학년생도 있었다. 살인 현장을 직접 본 아이. 그것도 가족이 눈앞에서 피를 흘리며 죽는 걸 본 아이. 그런데도 눈 하나 깜짝 않고 아무렇지 않다고 말하는 아이.

곧 소문은 크기를 불려 나갔다. 초등학교나 중학교에서 나와 한 반이었다거나 나의 기행을 직접 목도했다는 증언들이 잇따랐다. 모든 소문이 그렇듯이 한껏 과장되어 있었다. 아이큐가 200이라거나, 가까이 가면 칼로 찌를지도 모른다거나. 심지어 엄마와 할머니를 죽인 게 나라는 말까지 나돌았다.

엄마는 늘 집단생활에는 희생양이 필요하다고 얘기했었다. 엄마가 내게 그 지난한 교육을 시킨 것도, 내가 그 희생양이 될

확률이 매우 높기 때문이었다. 엄마와 할멈이 사라진 지금 엄마의 예언은 현실이 됐다. 곧 아이들은 내가 어떤 얘기에도 반응하지 않는다는 걸 눈치챘고, 그러자 별로 망설이는 기색도 없이 나에게 질문을 던지거나 짓궂은 농담을 퍼붓기 시작했다. 더 이상 경우의 수를 늘려 가며 예상되는 대화를 만들어 줄 엄마가 없었기 때문에 나는 속수무책이었다.

교사 회의에서도 내 얘기가 나왔다. 내가 튀는 행동을 한 것도 아닌데 나의 존재 자체로 교실 분위기가 어수선해진다고 학부모들이 전화를 건 모양이었다. 선생님들은 나의 상태를 잘 이해하지 못했다. 얼마 후 학교로 찾아온 심 박사는 담임과 긴 면담을 했고, 그날 저녁 우리는 중국집에서 짜장면을 사이에 두고 마주 앉았다. 짜장면이 다 없어져 갈 때쯤 심 박사는 본론을 꺼냈다. 빙빙 돌려 말했지만, 요약하자면 학교라는 공간이 내게 적합하지 않을 수도 있다는 얘기였다.

—학교를 그만두라는 말인가요?

심 박사가 고개를 저었다.

—아무도 너에게 그러라고 할 수 없지. 내 말은, 네가 성인이 될 때까지 계속 이런 식의 대우를 감당할 수 있겠느냐는 거야.

—전 별로 상관없어요. 제가 어떤 상태인지 아시잖아요. 엄마한테 들으셨다면.

—엄마도 네가 이렇게 지내는 걸 원하지는 않았을 거야.

—엄만 제가 정상적으로 살길 원하셨어요. 그게 무슨 뜻인지 가끔 헷갈리긴 하지만.

—바꾸어 말하면 평범하게 살기를 바랐던 게 아닐까.

—평범…….

내가 중얼거렸다. 틀린 말은 아닐지도 모른다. 남들과 같은 것. 굴곡 없이 흔한 것. 평범하게 학교 다니고 평범하게 졸업해서 운이 좋으면 대학에도 가고, 그럭저럭 괜찮은 직장을 얻고 맘에 드는 여자와 결혼도 하고 가정을 꾸리고 아이를 낳고…… 그런 것. 튀지 말라는 말과 일맥상통하는 것.

—부모는 자식에게 많은 걸 바란단다. 그러다 안 되면 평범함을 바라지. 그게 기본적인 거라고 생각하면서. 그런데 말이야, 평범하다는 건 사실 가장 이루기 어려운 가치란다.

생각해 보면 할멈이 엄마에게 바란 것도 평범함이었을지 모르겠다. 엄마도 그러지 못했으니까. 박사의 말대로 평범하다는 건 까다로운 단어다. 모두들 '평범'이라는 말을 하찮게 여기고 쉽게 입에 올리지만 거기에 담긴 평탄함을 충족하는 사람이 몇이나 될까. 내게는 더욱 어려운 일일 거다. 나는 평범함을 타고나지 않았으니까. 그렇다고 비범하지도 않으니까. 그 중간 어디쯤에서 방황하는 이상한 아이일 뿐이니까. 그래서 나는 한번 도전해 보기로 했다. 평범해지는 것에.

—학교는 계속 다닐게요.

그게 그날의 결론이었다. 심 박사가 고개를 끄덕였다.

—문제는 '어떻게'겠지. 내가 해 줄 수 있는 조언은 이거야. 머리라는 건 쓰면 쓸수록 좋아진단다. 나쁘게 쓰면 나쁜 머리가 좋아지고 좋게 쓰면 좋게 발달되지. 네가 특정 부분에서 남들보다 취약하다고 들었어. 하지만 연습을 하면 어느 정도 달라질 수도 있을 거야.

—연습은 충분히 하고 있어요. 예를 들면 이렇게.

나는 입꼬리를 양쪽으로 쓱 올렸다. 하지만 내 미소가 다른 사람들의 미소와 다르다는 것쯤은 알고 있었다.

—엄마에게 말씀드려 보렴.

—뭘요?

—네가 고등학생이 됐고 학교에 잘 다니고 있다고 말이야. 엄마가 좋아하실 거야.

—그럴 필욘 없어요. 엄만 아무것도 듣지 못하니까요.

심 박사는 더 이상 말하지 않았다. 내 생각에도, 반박할 수 없는 말이었다.

26

빗줄기가 창문에 길게 흘러내리고 있었다. 봄비다. 엄마는 비를 좋아했다. 비 냄새가 좋다고 했다. 하지만 지금은 빗소릴 들을 수도, 비 냄새를 맡을 수도 없다. 비 냄새라니. 그래 봤자 사실은 마른 아스팔트 위로 피어오르는 물비린내였을 거다. 엄마 옆에 가만히 앉아 손을 잡았다. 피부가 많이 거칠어졌다. 엄마의 뺨과 손등에 장미 향 로션을 발라 주었다. 병실에서 나와 식당에 가려고 엘리베이터를 탔다. 문이 열리는 순간, 한 남자와 눈이 마주쳤다. 나를 괴물과 만나게 한 사람. 내 삶에 그 아이를 끌어들인 남자.

은빛 머리의 중년 남자였다. 깔끔하게 차려입었지만 어깨가 처져 있었고 탁한 눈엔 물기가 많았다. 표정이 밝았다면 꽤 잘생긴 얼굴이라고 할 수 있었을 거다. 그러나 그의 얼굴은 핼쑥하고 어두웠다.

나를 본 순간 남자의 눈동자가 좌우로 심하게 흔들렸다. 머잖아 그를 다시 만나게 될 것 같다는 예감이 들었다. 나에게 예감이라는 단어가 어울리지 않는 건 안다. 정확히 말하면 나는 예감을 '느낀' 건 아니니까.

그런데 따지고 보면 예감이라는 게 '그냥 문득 느껴지는' 건 아니다. 일상적으로 경험하는 일들은 자기도 모르게 머릿속에서 조건과 결과로 나뉘어 차곡차곡 쌓인다. 그러다 보면 비슷한 상황이 주어졌을 때 무의식적으로 결과를 예측하게 된다. 그러니까 예감이란, 사실은 매우 인과적인 데이터다. 과일을 믹서에 갈면 주스가 될 것을 아는 것처럼. 남자가 나를 쳐다보는 눈빛이 나에게 그런 '예감'을 주었다.

그 뒤로도 병원에 갈 때면 남자를 자주 마주쳤다. 식당에서건 복도에서건 시선을 의식하고 돌아보면 언제나 그가 나를 바라보고 있었다. 할 말이 있는 것 같기도 했고 관찰하는 것 같기도 했다. 그래서 그가 책방으로 나를 직접 찾아왔을 때도 아무렇지 않은 듯 인사를 건넸다.

—어서 오세요.

남자는 작게 고개를 끄덕인 뒤 천천히 서가를 둘러보기 시작했다. 한 걸음 한 걸음에 무게가 실려 있었다. 그는 철학 서가를 지나쳐 문학 코너에 한동안 머문 뒤 책 한 권을 빼 카운터로 왔다.

얼굴 가득 미소를 담고 있었지만, 남자는 왠지 나를 똑바로 바라보지 못했다. 그런 건 어딘가 '불안한' 거라고 엄마가 말했었다. 그가 책을 내밀며 가격을 물었다.

—100만 원요.

—생각보다 비싸구나.

남자가 책을 앞뒤로 뒤적였다.

—그럴 만한 가치가 있는 책이니? 초판본도 아닌데. 어차피 번역서여서 초판본이라고 해도 별 의미가 있을 것 같지도 않고.

책의 제목은 '데미안'이었다.

—어쨌든 100만 원이에요.

그건 엄마의 책이었다. 중학생 때부터 엄마의 책장에 꽂혀 있던 책. 글을 쓰고 싶다는 열망을 품게 한 책. 팔지 않을 책이었다. 하필 그걸 고르다니 용하다는 생각은 들었다. 남자가 숨을 들이켰다. 면도한 지 며칠이 지났는지 수염이 삐죽이 자라나 있었다.

—먼저 내 소개를 해야겠지. 나는 윤권호라고 한다. 대학에서 경영학을 가르치고 있지. 인터넷에도 검색하면 나온단다. 자랑하려는 게 아니라, 신원이 보장된 사람이라는 걸 말하려는 거야.

—얼굴은 알아요. 병원에서 몇 번 마주쳤잖아요.

남자의 표정이 부드러워졌다.

—기억해 주다니 고맙네. 네 보호자라는 심 박사도 만나 봤어. 너한테 일어난 안타까운 사건에 대해서도 들었고. 네가 특

이한 아이라는 것도. 심 박사가 너와 직접 얘기해 보라고 해서 찾아왔단다. 난 너한테 부탁을 하려고 온 거거든.

—뭔데요?

그는 한동안 답하지 않았다.

—어디서부터 이야기를 꺼내야 할지…….

—부탁이 있다고 하셨잖아요. 그럼 그 부탁을 말씀하시면 돼요.

—듣던 대로 넌 참, 명료하구나.

남자가 잠깐 웃었다.

—넌 엄마가 편찮으시지? 나는 아내가 아파서 누워 있단다. 아내는 곧 떠날 거야. 어쩌면 며칠 안에…….

남자의 등이 새우처럼 천천히 앞으로 말렸다. 호흡을 가다듬고 나서 그는 다시 입을 열었다.

—네게 부탁하려는 건 두 가지야. 하나는, 내 아내를 만나러 나랑 같이 가 줬으면 좋겠다는 거다. 그리고 두 번째는…….

그가 다시 심호흡을 했다.

—아내 앞에서 우리 아들인 것처럼 행동해 줄 수 있겠니? 어려울 건 없을 거야. 내가 해 달라는 말을 몇 마디 해 주면 돼.

흔한 부탁은 아니었다. 자주 들어 보지 못한 건, 이상한 거다. 이유를 물었다. 남자는 일어서서 책방 안을 한 바퀴 돌았다. 어떤 말이든 꺼내려면 시간이 좀 필요한 사람인 것 같았다.

—우린 13년 전에 아들을 잃어버렸단다.

남자가 운을 뗐다.

—그 애를 찾으려고 모든 노력을 다했지만 소용없었지. 우린 부유했고 난 유학을 다녀와 젊은 나이에 교수가 됐어. 아내도 커리어가 훌륭했고. 나도 아내도 성공한 삶이라고 생각했었어. 하지만 아이를 잃고는 모든 게 달라졌지. 우리 관계는 어그러졌고 아내는 병들었으니까. 나에게도 쉽지 않은 세월이었어. 네게 왜 이런 말을 하고 있는지 모르겠지만…….

—그래서요?

남자의 말이 너무 길어지지 않기를 바라며 내가 물었다.

—그런데 얼마 전에 전화를 한 통 받았다. 아들일지도 모르는 아이가 있다고. 그래서 난 그 애를 만나러 갔지…….

남자는 말을 멈추고 입술을 한참 동안 꽉 깨물었다.

—나는 아내가 세상을 떠나기 전에 아들을 만나기를 바란다. 아내가 꿈꾸었던 아들을 말이야.

남자는 '꿈꾸었던'에 힘을 주었다.

—찾은 아들은 꿈꾸었던 모습이 아닌가요.

—그것까진 말하기 힘들구나. 아니, 설명하기가 어려워.

그가 고개를 숙였다.

—그럼 왜 저죠?

—이 사진을 보렴.

그가 종이를 한 장 꺼냈다. 실종 아동을 찾는 전단지였다.

서너 살가량 되어 보이는 어린아이의 사진 옆으로, 최근 모습 추정 사진이 있었다. 어쩌면 나와 닮았다면 닮았다고 볼 수도 있을 것 같았다. 구체적인 생김새보다는 분위기가.

—찾은 아들이 이렇게 안 생겼나요?

이해가 가지 않아 재차 물었다.

—아니. 이 사진과 비슷해. 그러니까, 너와도 조금은 닮았다고 볼 수 있겠지. 하지만 그 앤 지금 자기 엄마를 볼 수 있는 상태가 아니야. 제발 부탁한다. 한 번만 도와 다오……. 네 엄마의 병실을 더 좋은 곳으로 옮겨 줄 수 있어. 간병인도 쓸 수 있게 해 주고. 그거 말고도 네가 원하는 게 있다면, 가능한 한 들어줄게.

남자의 눈에 눈물이 고여 있었다. 나는 언제나처럼, 생각해 보겠다고 했다.

그의 말은 거짓이 아니었다. 인터넷에서 쉽게 그의 직업과 가족관계, 잃어버린 아이 이야기를 찾아낼 수 있었다. '딱히 해가 되지 않는다면 도와주는 편이 좋다.' 할멈의 조언이 떠올랐다. 다음 날 그가 다시 찾아왔을 때 나는 고개를 끄덕였다.

하지만 곤이를 먼저 알았더라면 그런 선택을 하진 않았을 거다. 그 선택으로 인해 나는 내 의도와 상관없이 곤이에게서 뭔가를 영원히 빼앗아 버리고 말았으니까.

27

갖가지 꽃이 병실을 장식하고 있다. 여기저기 켜 놓은 밝은 전구들이 따뜻하게 빛난다. 엄마가 있는 6인실과는 차원이 달랐다. 병실이 아니라 영화 속에서 본 호텔 방 같았다. 아줌마는 꽃을 좋아하는 사람인 듯했다. 꽃향기 때문에 머리가 지끈거렸다. 벽지까지 꽃무늬라 눈도 어질어질했다. 병원에 꽃을 들이는 건 원칙적으로 금지됐다고 들었는데, 허용되는 경우도 있는 모양이었다.

윤 교수가 내 팔에 손을 두른 채 천천히 침대 앞으로 다가갔다. 꽃에 둘러싸인 아줌마는 벌써부터 관 속에 누워 있는 것처럼 보였다. 가까이서 본 아줌마의 얼굴은 영화에서 본 시한부 환자의 얼굴과 비슷했다. 창밖에서 들어오는 햇살도 얼굴에 내려앉은 잿빛 그늘을 지우진 못했다. 그녀가 나를 향해 나뭇가지 같은 손을 뻗었다. 뺨에 손이 닿았다. 생명이 느껴지지 않는 손이었다.

—너구나. 너야. 이수야. 우리 아들. 내 귀여운 아들, 왜 이

제야 왔니…….

아줌마는 하염없이 울었다. 그 몸으로 그렇게 울 힘이 남아 있다는 게 의아했다. 그녀가 몸을 들썩일 때마다, 몸이 가루가 돼서 사라지지는 않을까 하는 생각이 들었다.

—미안해. 난, 엄만 말이야, 너랑 하고 싶은 게 정말 많았어. 정말로. 밥도 먹고, 여행도 가고, 네가 커 가는 시간을 함께 보내고 싶었지……. 그런데 사는 게 생각처럼 되지 않았어. 그런데도 이렇게 잘 자라 주었네. 고마워.

아줌마는 고맙다는 말을, 미안하다는 말과 번갈아 열 번쯤 하며 또 울었다. 그러더니 애써 웃음을 지었다. 그 곳에 머무는 30분 내내 아줌마는 내 손을 잡고 뺨을 쓰다듬었다. 얼마 안 남은 삶의 기운을 모두 나한테 쏟아붓는 것 같았다.

나는 많은 말을 하진 않았다. 아줌마가 잠깐 말을 멈추었을 때 윤 교수가 눈짓을 주었고, 그때 미리 정해진 말을 했을 뿐이다. 좋은 가정에서 별다른 어려움 없이 자랐고, 이제 아빠의 곁에서 열심히 공부하겠다고. 그러니 걱정하지 마시라고. 그러고는 가벼운 미소를 지었다. 기력이 다했는지 아줌마의 눈이 감기기 시작했다.

—안아 봐도 되겠니.

그게 아줌마가 내게 던진 마지막 말이었다. 마른 나뭇가지처럼 앙상한 두 팔이 내 등을 꽉 안았다. 단단한 덫에 걸린 것처럼, 빠져나올 수 없을 것 같았다. 그녀의 심장 고동이 내게 전해져 왔다. 몹시 뜨거웠다. 곧 아줌마의 팔이 힘없이 풀렸다. 잠이 든 거라고, 곁에 있던 간호사가 말했다.

28

아줌마는 한때 잘나가는 기자였다고 한다. 기지 넘치는 글을 써내고, 남들은 좀처럼 던지지 않는 용감한 질문으로 상대를 당황하게 만들던 당차고 활기찬 기자. 다만 일이 바빠서 아이를 남의 손에 맡기는 게 늘 마음에 걸렸다.

그날, 아줌마는 모처럼 휴가를 내고 아이와 둘이 놀이동산에 갔다. 빙글빙글 돌아가는 회전목마에 아이를 안고 올라탔다. 햇살이 따뜻한, 즐거운 소풍이었다. 아줌마의 휴대폰이 울렸다. 아줌마는 한 번 더 타자는 아이의 손을 잡고 내려와 전화를 받았다. 짧은 통화였다. 그런데 전화를 끊고 나자 아이가 보이지 않았다. 손을 놓은 기억조차 없었다.

CCTV가 지금처럼 모든 곳에 설치되어 있던 때도 아니고 그나마도 사각지대가 많았다. 오랜 수사에도 아이의 행방은 알 수가 없었다. 부부는 아이를 찾기 위해 갖은 노력을 다했지만 희망은 차츰 희미해져 갔다. 살아 있기만을, 이왕이면 좋은 집에 있기를 기도했지만 밤이건 낮이건 끔찍한 상상에 시달려야 했다. 아줌마는 스스로를 끝없이 책망했고 그녀가 좇던 성공이 한낱 허울 좋은 신기루였음을 깨달았다.

그런 생각이 서서히 아줌마를 병들게 했다. 윤 교수는 아이를 잃어버린 데 아내의 책임이 크다고 생각하긴 했지만 그 자신도 외로운 사람이었기에 아내마저 잃고 싶지는 않았다. 하지만 병든 아내에게 언젠간 아들이 돌아올 거라는 말은 하지 않은 지 오래였다.

나를 만나기 얼마 전, 윤 교수는 어느 보호 시설에서 연락을 받았다. 아들일지도 모른다는 소식을 듣고 그곳을 방문한 그는 13년 만에 자신의 아들을 다시 만났다. 하지만 아들은 당장 엄마를 만날 수 없는 처지였다. 왜냐하면 그 애가 바로, 곤이였기 때문이다.

29

정말로 남아 있던 얼마 안 되는 힘을 내게 다 써 버렸던 걸까. 내가 다녀간 날 아줌마는 혼수상태에 빠졌고 며칠 후에 숨을 거뒀다. 아줌마의 죽음을 알리는 윤 교수의 목소리는 낮고 조용했다. 가까운 사람의 죽음을 그렇게 전할 수 있는 사람은 몇 되지 않는다. 나같이 뭔가가 고장 난 사람이나, 죽기 전에 이미 그 사람을 마음에서 떠나 보낸 사람들만이 그럴 수 있다. 윤 교수는 후자였다.

내가 왜 장례식에 갔는지는 나도 알 수 없었다. 사실 그럴 필요는 없었다. 하지만 그냥 그렇게 했다. 어쩌면 아줌마가 나를 너무 꽉 안았기 때문인지도 모르겠다.

아줌마의 장례식은 내가 알던 할멈의 장례식 풍경과는 몹시 달랐다. 합동 장례식으로 어수선한 와중에도 할멈의 영정 앞엔 나뿐이었다. 한데 아줌마의 장례식은 오랜만에 만난 사람들의 친목회를 연상시켰다. 사람들은 모두 말끔했고 잘 차려입고 있었다. 모두들 '교양'이라는 단어에 걸맞은 직업과 말투를 가지고 있는 것 같았다. 서로를 부르는 호칭에서 교수, 닥터, 이사, 대표 따위의 단어가 자주 들렸다.

영정 사진 속의 아줌마는 딴사람 같았다. 입술은 붉고 머리숱이 많고 볼에 살이 통통하고 눈빛은 촛불을 켠 듯 밝다. 그리고 아줌마 얼굴이 너무 젊다. 기껏해야 30대 초반의 사진을 영정으로 쓴 이유는 뭘까. 윤 교수가 내 의문을 눈치챈 듯 말했다.

—그 애를 잃어버리기 전의 사진이란다. 그 뒤로는, 저런 표정을 짓고 있는 사진을 한 장도 찾을 수 없더구나. 아내도 저 사진을 원했어.

향을 피우고 절을 했다. 죽기 전에 아줌마는 그렇게 바라던 소망을 이뤘다. 아들을 만나는 것. 적어도 그렇게 알고 갔다. 진실을 알았더라면 그녀는 조금 더 불행했을까.

그것으로 내 할 일을 다했다고 생각했다. 발걸음을 돌리는데 갑자기 공기가 서늘해졌다. 그 공기는 빠른 속도로 퍼져 나갔다. 엄청난 힘을 가진 침묵의 습격을 받은 것처럼, 사람들이 일제히 입을 닫았다. 혹은 벌린 상태로 말을 멈췄다. 그들의 시선은 약속이나 한 듯 한곳으로 향했다. 그곳에 그 애가 있었다.

30

키가 작고 깡마른 아이가 두 주먹을 불끈 쥔 채 서 있다. 팔과 다리는 작은 몸집에 비해 무척 길었다. 단단한 몸이다. 만화 「내일의 조」에 나오는 조와 흡사한 체격이다. 하지만 부지런히 운동을 해서 만들어진 몸과는 달랐다. 다큐멘터리에서 본 제3세계 아이들의 몸 같았다. 종일 쓰레기장을 뒤지거나 관광객을 따라다니며 달러를 구걸하는 아이들처럼 생존을 위한 움직임으로 다져진 몸. 까무잡잡한 피부에는 윤기가 흐르지 않았다. 그림자처럼 짙은 눈썹 아래로 바둑알처럼 새까맣게 반질거리는 눈동자가 모두를 쏘아보고 있었다. 사람들을 침묵하게 한 건 그 눈빛이었다. 해칠 생각이 없는 사람 앞에서 먼저 이를 드러내고 제 새끼를 죽여 버리는 맹수 같았다.

그 애가 바닥에다 침을 퉤, 뱉었다. 침을 뱉는 게 그 애의 공식적인 인사법인 것 같았다. 얼마 전 그 애를 처음 봤던 날도 그 애는 똑같이 행동했었다. 정확히 말하자면 장례식장에서의 대면은 곤이와의 두 번째 만남이었다.

며칠 전 전학생이 왔다. 교실 문을 연 담임 뒤로 체구가 작은 아이가 하나 들어왔다. 그 애가 곤이다. 팔짱을 낀 채 짝다리로 섰다는 건 낯선 아이들 앞에서도 전혀 위축되지 않았다는 뜻일 거다. 담임은 자기가 전학 온 양 쭈뼛거리더니 곤이더러 자기소개를 하라고 했다. 그러자 곤이는 슬쩍 반대편 다리로 무게를 옮기더니

—그냥 선생님이 해 주시죠.

라고 말했다. 곳곳에서 폭소가 터졌다. 환호 섞인 박수 소리가 들려오기도 했다.

담임은 붉어진 얼굴에 손바람을 일으켰다.

—윤이수다. 이제 반 애들한테 인사해야지.

그 말에 곤이는 아, 뭐……, 하며 우두둑 목을 꺾더니 혀로 볼 안쪽을 번갈아 불룩하게 찔렀다. 그러곤 씩 웃음을 짓고 나서 고개를 옆으로 돌려 퉤, 하고 침을 뱉었다.

—됐죠?

곳곳에서 함성이 길게 터져 나왔다. 하지만 거친 말들도 간간이 섞인 게 조금 전과는 달랐다. 그런 상황에서라면 담임이 주의를 주거나 교무실로 따라오라고 말하는 게 보통이다. 그러나 웬일인지 담임은 말없이 고개를 돌렸다. 꾹 눌러 삼킨 말이 얼굴 위에 붉은 기운을 더했을 뿐이다. 곤이는 소개를 마치고 한 시간 후에 조퇴를 했다.

곧 신상 털기가 시작됐다. 30분도 안 돼서 곤이가 어디서

뭘 하다 온 앤지 반 전체가 알게 됐다. 한 아이가 사촌에게 들은 정보를 몇 가지 흘렸다.

그 아이의 사촌은 곤이가 소년원을 나와서 여기로 전학 오기 전에 갔던 학교에 다니고 있었다. 그 애가 사촌에게 전화를 걸었다. 통화는 아이들의 요구에 따라 스피커폰으로 생중계됐다. 아이들은 오랜만에 단합하여 동그랗게 둘러앉았다. 잘 들으려고 책상 위로 올라간 아이도 있었다. 나는 멀리 있었지만 이 말만큼은 또렷이 들려왔다.

—그 새끼 완전 깡패야. 살인 빼곤 다 해 봤을걸.

누군가가 내게 장난스럽게 말을 던졌다.

—야, 병신. 어쩌냐. 이제 네 시대는 갔다.

다음 날 곤이가 교실 문을 열고 들어왔을 때, 아이들은 일제히 조용해졌다. 곤이는 말없이 자리로 향했다. 아이들은 슬슬 눈길을 거두거나 괜히 책에 고개를 묻는 척했다. 얌전히 앉는가 싶던 곤이가 냅다 책가방을 던졌다.

—누구냐?

어제의 소란을 눈치챈 모양이었다.

—내 신상 턴 새끼 누구냐고. 알아서 일어나는 게 좋을 거다.

공기가 조용히 진동했다. 최초의 정보 제공자가 몸을 떨며 일어났다.

—아, 아니……. 내 사촌이 널 안다고 해서…….

아이의 목소리가 점점 작아졌다. 곤이는 또 혀로 볼 안쪽을 몇 차례 찌르더니 입을 열었다.

—고맙다. 네 덕분에 소개할 필요 없어졌네. 나 그런 애 맞아.

곤이가 자리에 풀썩 앉았다.

아줌마의 부고를 전해 들은 날, 곤이는 학교에 오지 않았다. 가족이 죽었다고 했다. 그런데도 나는 전혀 짐작하지 못했다. 곤이가 그 애라는 걸. 나를 아들로 착각하고 죽어 버린 아줌마의 진짜 아들이라는 걸.

31

사람들 사이를 헤치고 곤이가 제 엄마의 영정 앞에 절을 했다. 별다른 일은 벌어지지 않았다. 윤 교수의 인도에 따라 향을 피우고 술잔을 올리고 절을 하는 것까지 순식간에 끝냈다. 모든 동작이 너무 빨랐고 절은 한 번만 하고는 벌떡 일어서서 건성으로 고개를 까딱했다. 윤 교수는 한 번 더 하는 거라고 곤이의 등을 밀었다. 하지만 그 애는 몸으로 그 손길을 밀치고는 어디론가 사라졌다.

밥을 먹고 가라는 윤 교수의 권유로 나는 상 앞에 앉았다. 명절 때 엄마가 하던 음식과 종류가 비슷했다. 뜨거운 국과 전, 꿀이 든 떡이며 과일들. 나도 몰랐는데 배가 고팠는지 밥이 빨리 넘어갔다.

사람들은 남 얘기를 할 때 자기 목소리가 얼마나 큰지 자주 잊어버린다. 말하는 사람은 작게 말한다고 생각해도, 그 말들은 대부분 여과 없이 다른 사람의 귀로 들어간다. 밥을 먹는 내내 곤이에 대한 얘기가 공중에 떠다녔다. 장례 이틀째가 돼서야 나타난 이유는 그 애가 오기를 거부해서였다는 둥, 시설에서 나오자마자 사고를 쳤다는 둥, 전학을 시키는 데 돈이 얼마가 들었다는 둥, 아들 역할을 한 아이가 따로 있다는 둥, 여러 말들이 어지럽게 오갔다. 나는 구석에서 사람들을 등지고 앉아 묵묵히 자리를 지켰다. 잘은 몰랐지만 왠지 그래야 할 것 같았다.

밤이 되고 조문객이 어느 정도 빠질 때쯤 곤이가 다시 나타났다. 곤이의 눈이 지목하듯 내게 꽂혔고 시선을 떼지 않은 채 그 애는 내 앞으로 와 앉았다. 아무 말 없이 육개장을 두 그릇이나 후루룩 비운 곤이는, 마침내 얼굴의 땀을 닦으며 말했다.

—너였냐. 나 대신 아들 노릇 한 새끼가.

답할 필요가 없었다. 이어진 말도 곤이의 차지였기 때문이다.

—이제 골치 아플 줄 알아라. 뭐, 재미있을지도 모르고.

곤이가 씩 웃더니 자리에서 일어났다. 그리고 그다음 날부터 진정한 시작이, 시작됐다.

32

곤이 곁에 두 아이가 따라다녔다. 말라깽이 같은 한 명은 곤이의 말을 다른 아이들에게 전하는 비서 노릇을 맡았고, 덩치가 좋은 다른 한 명은 한눈에도 세를 과시하는 역할이었다. 셋은 그렇게 친해 보이진 않았다. 친구라기보다는 모종의 계약이나 목적으로 뭉친 것 같았다.

어쨌든 곤이는 나를 괴롭히는 걸 새로운 취미로 삼은 듯했다. 상자를 열면 튀어나오는 인형처럼 불쑥불쑥 내 앞에 나타나곤 했다. 매점 앞에 잠복해 있다가 나를 한 대 치기도 했고 복도 끝에 서 있다가 발을 걸어 넘어뜨리기도 했다. 그런 자잘한 계획이 성공할 때마다 곤이는 대단한 선물이라도 받은 사람처럼 커다랗게 웃었고, 양옆에 서 있던 아이들도 곤이의 눈치를 보며 장단을 맞추듯 따라 웃었다.

나는 시종일관 대응하지 않았다. 곤이를 두려워하고 나를 불쌍하게 여기는 아이들이 늘기 시작했다. 하지만 아무도 선생님에게 말하진 않았다. 후환을 감당하기 힘들 거라는 계산이 한몫했겠지만, 내 반응도 딱히 도움을 요청하는 느낌이 아니어서였을 거다. 둘 다 이상한 놈들이니 구경이나 하자는 게 주된 여론이었다.

곤이가 내게서 어떤 반응을 원하는지는 뻔했다. 초등학교 때도 중학교 때도 그런 아이들이 있었다. 괴롭힘당하는 아이의 일그러진 얼굴을 보고 싶어 하는 아이들. 상대방이 울면서 제발 그만두라고 빌기를 바라는 아이들. 그 애들은 대부분 힘을 써서 자기들이 원하는 걸 얻는다. 하지만 나는 알고 있었다. 곤이가 원하는 게 내게서 어떤 자그마한 표정의 변화라도 보는 것이라면 그 애는 영원히 나를 이길 수 없으리라는 것을. 그럴수록 힘이 부치는 사람은 곤이 자신이라는 것도.

얼마 가지 않아 곤이는 타깃이 심상찮은 상대라는 걸 깨달은 것 같았다. 나를 건드리는 행동은 계속됐지만 전처럼 당당한 기색이 아니었다. '쫀 거 아니야? 완전 초조해 보여.' 아이들이 곤이 몰래 속삭였다. 내가 반응하지 않으면 않을수록, 누군가에게 도움을 요청하지 않는 시간이 길어질수록, 교실 안의 공기는 팽팽해져 갔다.

얼마 뒤, 제풀에 지쳤는지 곤이는 나를 넘어뜨리거나 뒤에서 머리를 치고 가는 대신, 공식적인 결판을 '선언'했다. 담임이 종례를 마치고 나가자마자, 말라깽이가 칠판 앞으로 쪼르르 달려가 뭐라고 쓰기 시작했다. 칠판에 삐뚤빼뚤한 글자가 적혔다.

내일 점심 급식 후. 소각장 앞.

곤이의 목소리가 의기양양하게 울렸다.

—분명히 예고했다. 그러니까 선택은 네가 해. 맞기 싫으면 오지 마. 네가 안 나오면 겁나서 튄 걸로 치고 더 이상 귀찮게 안 할 테니까. 그 대신 나온다면 각오 좀 하고.

대꾸하지 않고 가방을 둘러메고 일어섰다. 곤이가 내 등에 책을 던졌다.

—알아듣긴 했냐, 병신아'? 맞기 싫으면 피하라고.

곤이가 씩씩댔다. 분을 참지 못한 얼굴이 벌겋게 달아오르고 있었다.

내가 조용히 물었다.

—내가 왜 널 피해야 되는데? 난 다니던 데로 다닐 거야. 거기 네가 없다면 볼 일이 없을 테고, 있다면 만나게 되겠지.

등에 꽂히는 욕설을 뒤로하고 교실을 빠져나왔다. 곤이가 성가신 짓으로 스스로를 괴롭히고 있다는 생각이 들 뿐이었다.

33

전교생이 곤이와 나의 대결을 알고 있었다. 아침부터 교정이 시끌시끌했고 가끔씩 아이들의 입에서 튀어나오는 말들이 점심시간에 있을 일을 암시했다. 누군가 "아, 시간 열라 안 가네." 하고 외쳤고 누군가는 "설마 선윤재가 진짜 그리로 가겠냐?"라고 말했다. 누가 이길지를 놓고 내기를 거는 애들도 있었다. 나는 아무렇지 않게 수업에 임했다. 내가 느끼기에 시간은 빠르지도 느리지도 않게 평소처럼 흘렀다. 4교시가 끝나고 점심시간을 알리는 종소리가 들렸다.

급식실에서 아무도 내 옆에 앉지 않았다. 거기까진 평소와 다를 바 없었다. 밥을 다 먹고 자리에서 일어서자 멀리서 몇몇 아이들이 나를 따라 일어서는 게 보였다. 내가 움직이자 아이들의 무리가 점점 커졌다. 입구를 빠져나왔다. 교실로 가려면 소각장을 지나는 게 지름길이다. 나는 터벅터벅 걸어갔다. 곤이가 서 있었다. 똘마니들은 보이지 않았고 그 애 혼자였다. 곤이는 나무둥치를 발로 툭툭 건드리다가 나를 보고는 동작을 멈췄다. 먼 거리인데도 그 애가 두 주먹을 말아 쥐는 게 보였다. 나와 곤이 사이의 거리가 좁혀질수록 내 뒤를 따르던 아이들이 불필요한 먼지처럼 하나둘 흩어졌다.

곤이가 짓고 있는 표정은 조금 복잡했다. 화가 났다고 보기엔 입술을 꽉 물고 있었고, 슬프다고 하기엔 눈꼬리가 너무 위로 뻗어 있었다. 이 표정을 어떻게 읽어야 할까.

—쫄았다 쫄았어. 존나 당황했나 봐, 윤이수 새끼.

누군가가 낄낄거리며 말했다.

이제 곤이와 나의 간격은 몇 발짝밖에 남지 않았다. 나는 일정한 속도로 걸음을 옮겼다. 밥을 먹고 나면 늘 졸렸기 때문에 얼른 교실로 돌아가 엎드려서 잠을 좀 청하고 싶은 마음뿐이었다. 나도 모르는 사이 곤이는 의미 없는 풍경처럼 나를 스쳐 지나갔다. 와, 하는 아이들의 함성이 터져 나왔고 그러자마자 뒤통수가 가볍게 울렸다. 팔이 헛나갔는지 살짝 스쳤을 뿐 아프진 않았다. 하지만 뒤를 돌아보기도 전에 발길질에 몸이 휘청 앞으로 기울었다.

—분명히, 피하라고, 했잖아, 씨발, 이건, 네가, 선택한, 거라고.

한 단어에 한 대씩 규칙적인 발길질이 몸을 울렸다. 횟수가 거듭될수록 강도도 점점 세졌다. 나는 어느새 쓰러져 있었고 입에선 신음 소리가 흘러나왔다. 뺨 안쪽에 피가 고였다. 하지만 나는 결코 그 애가 원하는 것을 해 줄 수가 없었다.

—너란 놈은 대체 뭐야, 이 병신 새끼야!

곤이가 거의 울 것 같은 표정으로 소리를 질렀다. 지켜보기만 하던 아이들도 소란스러워지기 시작했다. 저러다 큰일 나겠어. 야, 누가 담임이라도 불러! 웅성거림 속에서 몇 개의 또렷한 목소리가 들리자 곤이는 군중에게 얼굴을 돌렸다.

—누구냐? 뒤에서 지껄이지 말고 나와 봐, 이 개새끼들아. 어?

곤이는 땅에 흩어진 물건들을 눈에 보이는 대로 집어 들어 아이들을 향해 마구 던지기 시작했다. 빈 캔이나 나무토막, 유리병 따위가 공중으로 떠올랐다가 바닥으로 떨어졌다. 아이들이 놀라 소리를 지르며 도망쳤다. 그 모습이 낯익었다. 할멈. 엄마. 그 일이 일어날 때 거리의 사람들은 지금과 비슷했다. 이제는 막아야 했다. 입 안이 피로 흥건했다. 그래서 침을 한 번 모아 뱉은 뒤 말했다.

—그만둬. 네가 원하는 걸 나는 해 줄 수가 없어.

—뭐라고?

곤이가 씩씩거렸다.

—네가 원하는 걸 하려면 나는 연기를 해야 해. 그건 나한테 너무 어려운 거야. 불가능해. 그러니까 이제 그만해. 겉으론 무서운 척해도 속으론 다들 널 비웃고 있을 테니까.

곤이가 주변을 돌아봤다. 순간 멈춘 듯 정적이 흘렀다. 곤이의 등이 적개심을 품은 고양이처럼 위로 솟았다.

—쌰, 다들 죽어 버려!

그러더니 곤이는 소리를 치기 시작했다. 입에서 나오는 말이 하나같이 욕이었다. 저주, 욕, 그것만으론 표현할 수 없는 광기.

34

곤이의 본명은 이수다. 그건 그 애의 엄마가 지어 준 이름이다. 하지만 곤이는 이수라고 불린 기억이 나지 않는다고 했다. 그리고 이수라는 이름은 나약해 보여서 싫다고 했다. 자신이 가졌던 여러 이름 중에서 그 애는 곤이라는 이름을 가장 좋아했다.

곤이의 첫 기억은 낯선 곳에서 여러 사람이 이상한 언어로 떠드는 거다. 어린 곤이는 자신이 왜 그곳에 있는지 알 수 없다. 북적북적 소란스럽기만 하다. 그 애는 대림동 쪽방촌에서 중국인 노부부와 함께 살았는데, 그들은 곤이를 쩌양이라고 불렀다. 몇 년간 그 애는 집 밖으로 나가 본 적이 없다. 초반에 곤이의 행방을 찾을 수 없었던 것도 그런 이유에서였을 거다.

출입국 관리소에서 검문을 나오면서 노부부는 자취를 감췄고 곤이는 이 집 저 집을 전전하다 아동 보호 시설로 갔다. 다들 그 애를 노부부의 친손자로 생각한 데다 그들이 중국으로 돌아갔다는 공식적인 기록도 없었기 때문에 그 시점에서도 조사가 이뤄지거나 친부모를 찾으려는 시도가 일어나지 않았다.

한동안 보호 시설에서 지내던 곤이는 아이가 없는 어떤 집으로 입양이 됐다. 거기서는 곤이를 동구라고 불렀다. 환경이 좋은 편은 아니었고, 밑으로 아기가 태어나면서 그들은 2년 만에 곤이를 파양했다. 그 뒤로 곤이는 다시 시설에서 살다 이런 저런 사고를 쳐서 소년원을 들락거리기 시작했다. 곤이라는 이름은 희망원이라는 시설에서 스스로 지은 이름이었다.

—한자도 있어?

—아니, 난 그런 복잡한 거 몰라. 그냥 떠올랐어.

그러면서 씩 웃는다. 곤이는 그런 애였다. 나도 곤이라는 이름이 쩌양이니 동구니 이수 같은 이름보다 훨씬 '곤이답다'고 생각했다.

소각장에서 있었던 일로 곤이는 1주일간 정학을 받았다. 그날 누군가의 제보로 제때 선생님이 오지 않았더라면 무슨 일이 벌어졌을지 모른다. 윤 교수가 학교로 불려 왔고 내 공식 보호자인 심 박사와 마주했다. 심 박사는 낮은 목소리로 강하게 화를 냈고, 윤 교수가 나를 직접 찾아가도록 한 것을 몹시 후회했다. 윤 교수는 정학이 끝난 뒤에도 곤이의 태도에 변화가 없다면 전학을 시킬 수밖에 없다는 학교의 경고에 고개를 푹 숙였다.

며칠 뒤, 나와 곤이는 피자집에 마주 앉았다. 곤이의 눈빛은 더 이상 이글거리지 않았다. 옆에 윤 교수가 있었기 때문인지도 모른다. 후에 알게 된 사실이지만, 곤이의 말썽을 전해 들은 윤 교수는 곤이에게 처음으로 매질을 했다고 한다. 윤 교수는 신사였기 때문에 고작해야 움켜쥔 컵을 벽에 내던지고 회초리를 들어 종아리를 몇 차례 때린 게 전부였다. 하지만 그건 평소 그가 지켜오던 '지식인'이라는 이미지에 오점으로 남았고 원체도 어색했던 부자 관계는 더 멀어졌다.

십몇 년 만에 만난 진짜 아빠에게 매를 맞는 건 어떤 기분일까. 서로를 더 잘 알거나 친해지기도 전에 말이다.

심 박사의 말에 따르면 윤 교수는 투박한 사람이다. 남에게 피해를 끼쳐서는 안 된다는 신조를 평생 지켜 온 윤 교수는, 갑작스레 돌아온 자신의 피붙이가 그런 신조에 철저히 위배되는 짓을 일삼는 걸 견딜 수가 없었다. 곤이에 대한 안타까움보다도, 그토록 기다렸던 아들이 '이런 모양'으로 나타난 것에 대한 분노가 더 컸다. 그래서 윤 교수는 곤이에겐 매질을 하고 다른 사람들에겐 사과하고 사과하고 또 사과하는 방법을 택했다. 선생님들에게 사과하고 학생들 앞에서 사과하고, 그리고 내게 사과했다.

곤이와 나를 피자 가게에 마주 앉혀 놓고 가장 비싼 메뉴를 시켜 준 것도 사과의 한 방식이었다. 윤 교수는 두 손을 양 무릎에 얹고는 곤이가 들으라는 듯 큰 목소리로 몇 번이고 같은 말을 했다. 목소리는 떨렸고 눈은 나를 정면으로 바라보지 못했다.

—이런 일을 당하게 해서 정말 미안하다. 다 내 탓이구나…….

나는 빨대로 콜라를 조금씩 빨아올렸다. 그의 말이 도무지 끝날 것 같지 않았다. 말이 계속될수록 곤이의 표정은 굳어져 갔다. 배가 꼬르륵거리고 눈앞의 피자가 딱딱해지고 있었다.

—이제 그만하셔도 돼요. 전 아저씨한테 사과 들으려고 이 자리에 나온 게 아니니까요. 사과는 얘가 해야 될 것 같은데, 그러려면 저희 둘이 있는 게 좋을 것 같아요.

윤 교수가 놀란 듯 눈을 잠깐 크게 떴다. 곤이도 눈을 치켜떴다.

—괜찮겠니?

—네. 혹시 또 무슨 일이 벌어지면 연락드릴게요.

곤이가 피식, 코웃음 쳤다. 윤 교수는 몇 차례 헛기침을 하며 굼뜨게 몸을 일으켰다.

—윤재야, 이수도 많이 미안해하고 있을 거야.

—얘도 입이 있어요, 아저씨.

—그래. 맛있게 먹어라. 무슨 일 있으면 전화하고.

—그럴게요.

그는 떠나기 전 곤이의 어깨에 무겁게 손을 올려놓았다. 곤이는 반항하지 않았지만 윤 교수가 걸음을 떼자마자 어깻죽지를 손으로 탁탁 털어 냈다.

35

부글부글 콜라가 끓어올랐다. 곤이는 연신 빨대로 콜라에 숨을 불어넣었다. 시선은 창가로 돌려져 있었다. 창밖엔 간간이 지나다니는 차들을 제외하고는 별다른 풍경이랄 것도 없었다. 창틀 바로 앞에는 은빛으로 반짝이는 스테인리스 후추 통이 놓여 있었다. 완만한 곡선으로 빚어진 후추 통은 광각 렌즈처럼 주변을 비추었다. 그 한가운데 내 얼굴이 보였다. 피딱지가 군데군데 앉고 멍이 든 게 꼭 경기에서 진 복서 같았다. 곤이는 후추 통에 비친 내 얼굴을 보고 있었다. 우리의 눈이 후추통 위에서 만났다.

—꼴좋네.

—덕분에.

—내가 너한테 사과라도 할 것 같냐.

—그러건 말건 상관없어.

—그럼 왜 둘이 있자고 한 건데.

—네 아빠가 너무 말을 많이 하셔서. 좀 조용히 있고 싶었

거든.

내 말에 곤이가 가벼운 콧소리를 냈다. 새어 나오는 웃음을 기침으로 덮으려는 듯한 소리였다.

—아빠한테 맞았다면서.

할 말이 떠오르지 않아 생각나는 대로 운을 뗐다. 적절한 시작은 아니었는지 곤이의 동공이 확 커졌다.

—누가 그래?

—네 아빠가 직접 얘기해 주시더라.

—입 닥쳐, 새끼야. 난 아빠 같은 거 가진 적 없어.

—그런다고 아빠가 아빠 아닌 게 되진 않을 텐데.

—뒈지고 싶냐. 입 닫으라고, 새꺄.

곤이가 후추 통을 낚아챘다. 손끝에 힘이 잔뜩 들어가 손톱이 하얘졌다.

—왜? 여기서 또 난장판이라도 벌이려고?

—그럼 안 될 이유라도 있냐?

—아니, 궁금해서 물어봤어. 미리 알면 나도 준비할 수 있으니까.

곤이가 포기한 듯 제 앞에 놓인 콜라를 끌어당겼다. 콜라가 다시 끓어올랐다. 나도 곤이를 따라 콜라에 숨을 불어넣었다. 곤이가 피자를 한 조각 베어 물고는 네 번 우물우물 씹고 삼켰다. 그러곤 작게 캬, 소리를 냈다. 나도 그 애가 하는 그대로 따라 했다. 네 번 우적우적 씹어 삼킨다. 그러곤, 캬.

곤이가 나를 쏘아봤다. 이제야 내가 자기를 따라 하는 걸 눈치챘다.

—미친 새끼.

곤이가 중얼거렸고,

—미친 새끼.

내가 똑같이 따라 했다. 그러자 곤이는 입술을 이쪽저쪽으로 씰룩였고, 내가 자신을 따라 입을 씰룩이는 것을 보았다. 그 애는 괴상한 표정을 짓기도 하고 피자, 똥, 변기, 제발 죽어라 따위의 말을 웅얼대기도 했다. 그때마다 나는 앵무새나 광대가 된 것처럼 똑같이 따라 했다. 곤이가 쉬는 들숨과 날숨의 횟수까지도 똑같이.

묘한 거울놀이가 계속되자 곤이는 차츰 피로해진 모양이었다. 웃음소리는 멈췄고 곤이는 더 곤란한 표정이나 동작을 생각하는 듯 시간을 끌었다. 그러건 말건 나는 그 애가 입술 사이로 작게 프프프, 소리를 내거나 눈썹을 미세하게 찡그리는 것조차 따라 했다. 나의 끈질긴 행동은 곤이의 '창의적인' 생각을 방해하는 것 같았다.

—그만하자.

하지만 난 그만두지 않았다.

—그만하자.

라고 똑같이 말했을 뿐이다.

—그만하자고, 새꺄.

—그만하자고, 새꺄.

—우습냐, 병신아?

—우습냐, 병신아?

곤이는 말을 멈추더니 손가락으로 탁자를 탁탁 치기 시작했다. 내가 따라 하자 얼른 동작을 멈춘다. 침묵. 말없이 나를 노려본다. 10초, 20초, 1분쯤. 그러더니 잠깐 자세를 고쳤고, 나도 그렇게 했다.

—내가 말이야.

—내가 말이야.

—여기서 테이블을 엎고 접시를 다 깨도 똑같이 따라 할 수 있을까?

—여기서 테이블을 엎고 접시를 다 깨도 똑같이 따라 할 수 있을까?

—그 깨진 접시로 여기 있는 사람들 다 찔러 죽여도 네가 똑같이 할 수 있겠냐고, 개자식아.

—그 깨진 접시로 여기 있는 사람들 다 찔러 죽여도 네가 똑같이 할 수 있겠냐고, 개자식아.

—좋아.

—좋아.

—똑똑히 알아 둬. 이건 네가 시작한 거야.

—똑똑히 알아 둬. 이건 네가 시작한 거야.

—여기서 관두면, 넌 좆도 아닌 거야, 알았어?

—여기서 관두면, 넌 좆도…….

내 말이 끝나기도 전 곤이가 테이블 위의 음식을 팔로 다 쓸어 버렸다. 그러더니 테이블을 쾅쾅 내리치며 사람들을 향해 욕설을 퍼부었다.

—뭘 봐, 미친 것들아. 맛있냐? 맛있냐고! 병신들아, 실컷 처먹어라!

곤이는 앞에 놓인 피자며 소스 병들을 사방으로 집어 던졌다. 건너편에 앉은 여자의 발치에 피자가 떨어졌고 아무렇게나 뿌려 댄 소스가 어린아이의 머리 위로 튀었다.

—왜 안 따라 해, 병신아, 왜 안 따라 해?

곤이가 나를 보며 씩씩댔다.

—네가 먼저 시작했잖아. 근데 왜 안 따라 하냐고!

종업원이 달려와 손님 이러시면 안 됩니다, 따위의 말을 했지만 곤이를 막기엔 역부족이었다. 곤이는 당장이라도 직원을 때릴 것처럼 팔을 들어 올렸다. 손님 몇이 휴대폰을 들어 사진을 찍었고 다른 직원이 어딘가에 전화를 걸었다.

—따라 해 보라고, 새끼야.

곤이가 다시 외쳤지만, 이미 나는 가게 문을 빠져나가고 있었다. 약속한 대로 윤 교수에게 전화를 걸었다. 통화 연결음이 들리기도 전에 윤 교수가 나타났다. 행여 무슨 일이 일어날까 싶어 근처 골목을 서성이고 있었나 보다. 그가 피자 가게 문을 열고 들어갔다. 나는 창문을 통해 난장판이 된 가게 안을 바라봤다. 윤 교수의 뒷모습이 떨리는 것을, 그의 커다란 손이 곤이의 얼굴을 때리고 때리고 또 때리는 것을, 그리고 곤이의 머리가 그의 두 손에 잡혀 앞뒤로 흔들리는 광경을. 거기까지 보고 발길을 돌렸다. 별로 재미없는 장면이었다.

피자를 거의 먹지 못했기 때문에 허기가 졌다. 지하철역 근처에 있는 분식집에서 우동을 한 그릇 사 먹고 엄마를 보러 갔다. 엄마는 언제나처럼 조용히 잠들어 있었다. 소변 줄이 통에서 비어져 나와 침대 밑에서 대롱거렸다. 노란 오줌이 똑똑 떨어지고 있었다. 간호사를 불러 조치를 취해 달라고 얘기했다. 엄마의 얼굴에 기름이 꼈다. 거울을 봤다면 깜짝 놀랐을 거다. 스킨을 솜에 묻혀 얼굴을 닦고 로션을 톡톡 발라 주었다.

병원 문을 나서 집까지 걸어왔다. 아주 조용한 저녁이었다. 책을 한 권 빼 들었다. 학교를 나온 소년이 집으로 돌아가기까지의 과정을 그린 평범한 내용이다. 그 애는 호밀밭에서 아이들을 지키는 파수꾼이 되고 싶다고 말한다. 마지막은 그 애가 파란색 코트를 입고 회전목마를 타는 동생 피비를 지켜보는 것으로 끝난다. 그 난데없는 결론이 왠지 맘에 들어 벌써 몇 번이나 읽은 책이었다.

이따금 곤이의 얼굴이 책 위로 겹쳤다. 아빠에게 머리채를 잡힌 그 애의 얼굴이. 하지만 그 표정이 어떤 의미인지는 잘 짐작되지 않았다.

잠들기 직전 윤 교수에게서 전화가 왔다. 그는 자꾸만 말을 멈췄고 침묵과 한숨이 그 자리를 대신했다. 윤 교수가 전달한 건, 치료비를 모두 대겠다는 것과 더는 곤이가 내게 접근하지 못하게 하겠다는 거였다.

36

'구할 수 없는 인간이란 없다. 구하려는 노력을 그만두는 사람들이 있을 뿐이다.' 사형수 출신의 미국 작가 P. J. 놀란이 한 말이다. P. J. 놀란은 자신의 의붓딸을 살해한 혐의로 사형을 선고받았다. 그는 자신의 결백을 주장하며 수감 생활 동안 자전적 에세이를 썼다. 훗날 책은 베스트셀러가 됐지만 P. J. 놀란은 그 사실을 영영 알 수 없었다. 사형은 예정대로 집행됐다.

죽고 난 뒤 17년이 지난 후에 진범이 자백을 하면서 P. J. 놀란의 결백이 드러났다. 딸에게 몹쓸 짓을 한 건 옆집에 살던 이웃이었다.

P. J. 놀란의 죽음은 여러 면에서 논란이 되었다. 딸에 대해서만은 결백했지만 그에게는 이미 폭력, 절도, 살인 미수 등의 무거운 전과가 있었다. 많은 사람들이 그를 시한폭탄이라 불렀다. 무죄 선고를 받았더라도 언젠간 끔찍한 일을 터뜨렸을 거라고 말이다. 어쨌든 세상이 이미 죽어 버린 남자를 마음대로 재단하는 동안 P. J. 놀란의 책은 날개 돋친 듯 팔려 나갔다.

책의 대부분은 불우했던 어린 시절과 분노로 가득 찬 젊은 시절을 적나라하게 그려 내고 있다. 사람에게 칼을 찔러 넣거나 강간을 할 때 어떤 느낌이었는지, 어떤 방식이었는지가 너무 상세하게 적혀 있어 일부 주에서는 금서로 지정되기도 했다. 그는 마치 음식을 분류해 냉장고에 넣거나 서류를 흐트러뜨리지 않고 봉투에 넣는 방법을 설명하듯 그런 과정을 담담히 묘사했다. 구할 수 없는 인간이란 없다. 구하려는 노력을 그만두는 사람들이 있을 뿐이다……. 그는 무슨 의미로 그렇게 썼을까. 도와 달라는 손짓이었을까, 아니면 깊은 원망이었을까.

엄마와 할멈에게 칼을 휘두른 남자와 곤이는 P. J. 놀란 같은 타입이었을까. 아니면 P. J. 놀란과 가까운 건 오히려 나였을까.

나는 세상을 조금 더 이해하고 싶었다. 그런 의미에서 내겐 곤이가 필요했다.

37

심 박사는 다른 사람이라면 펄쩍 뛸 말에도 언제나 침착했다. 곤이와 있었던 일을 털어놓았을 때도 그랬다. 내가 나에 대한 얘기를 길게 설명한 것도 그날이 처음이었다. 작게 타고난 편도체, 각성 수준이 낮은 대뇌 피질, 엄마에게 받은 교육에 대해서. 심 박사는 얘기를 들려줘서 고맙다고 했다.

—곤이가 널 때릴 때 두렵진 않았겠구나. 하지만 그게 용감하다는 뜻이 아니라는 건 알고 있겠지? 분명히 말해 두지만 다시 그런 일이 생기면 절대 가만있지 않을 거다. 그건 내 책임이기도 하니까. 결론적으로, 넌 일단 피했어야 해.

인정했다. 엄마한테 내내 배운 게 그거였다. 그러나 감독이 없으면 선수는 해이해진다. 내 뇌도 생긴 대로 놀았을 뿐이다.

—물론 사람에 대해 호기심을 품는 건 환영할 일이지. 개인적으로 네 호기심의 대상이 그 애라는 게 그렇게 반갑진 않지만.

—보통의 경우라면 곤이와 어울리지 말라고 하겠죠?

—아마도. 엄마라면 그러셨을 거다, 틀림없이.

—그 애를 더 알고 싶다는 생각이 들어요. 그게 나쁜 건가요?

—그 애와 친해지고 싶다는 뜻이니?

—친해진다는 게 구체적으로 어떤 거죠?

—예를 들어, 이렇게 너와 내가 마주 앉아 얘기하는 것. 같이 무언가를 먹기도 하고 생각을 나누는 것. 특별히 돈이 오가지 않는데도 서로를 위해 시간을 쓰는 것. 이런 게 친한 거란다.

—몰랐어요, 제가 아저씨랑 친한 줄.

—하하, 아니라고 하진 마라. 아무튼 진부한 표현이지만 만나야 할 사람은 만난단다. 그 애가 너와 그런 관계가 될지는 시간이 알려 줄 거야.

—아저씨가 말리지 않는 이유를 물어도 될까요?

—난 누군가를 쉽게 재단하는 걸 경계한단다. 사람은 다 다르니까. 네 나이 때는 더 그렇고.

심 박사는 원래 대학 병원의 심장외과 의사였다. 집도도 많이 했고 환자들의 예후도 좋았다. 그런데 그가 남들의 심장을 들여다보느라 정신없이 바쁜 와중에 아내의 가슴속에 멍이 들기 시작했다. 아내는 말이 없어졌고 그는 여전히 그녀를 돌아볼 겨를이 없었다. 어느 날 그들은 마침내 그토록 미뤄 오던 여행을 떠났다. 푸른 바다를 바라보는 깊은 섬의 휴양지였다. 박사는 투명한 포도주를 마시며 석양을 바라봤다. 머릿속에는 돌아가서 할 일들에 관한 생각뿐이었다. 해가 바다로 가라앉기 직전 박사는 잠이 들었다. 얼마 후 그는 헐떡이는 소리에 잠을 깼다. 아내가 눈을 크게 뜬 채 가슴을 움켜잡고 있었다. 아내의 심장 속 전기 신호가 오류를 일으켰다. 아무런 예고도 없이 맥박이 분당 500회를 뛰었다. 모든 건 순식간에 일어났고 박사가 할 수 있는 건 울면서 아내의 손을 붙잡고 괜찮을 거라고, 조금만 참으라고 말해 주는 것 외엔 없었다.

미쳐 날뛰던 아내의 심장이 갑자기 멎었다. 전기 충격기도 없었고 코드 블루를 외쳐 봐야 뛰어올 사람도 없었다. 박사는 아마추어처럼 가망 없는 가슴에다 미친 듯이 펌프질을 했다. 한 시간이나 지나서 구급차가 도착했을 때 아내의 몸은 이미 차갑고 딱딱했다. 그렇게 아내는 그를 영원히 떠났고 그 뒤로 박사는 메스를 놓았다. 자신이 아내를 얼마나 사랑했는지, 그러면서도 왜 그 사랑을 표현하지 못했는지만 돌이켰다. 다시는 누군가의 살을 갈라내 그 안에서 뛰는 심장을 볼 자신이 없었다.

둘 사이엔 아이가 없었다. 그러므로 그는 혼자였다. 아내를 생각하면 고소한 빵 냄새가 떠올랐다. 아내는 늘 그를 위해 직접 빵을 구웠고 그 맛은 무언가 그리운 걸 떠올리게 했다. 잊고 있던 어린 시절이나 설명하기 힘든 사소한 기억의 한 장면 같은 것을. 바쁜 아침에도 식탁엔 언제나 고소하고 따끈한 빵이 놓여 있었다. 박사는 빵 만드는 법을 배우기 시작했다. 그것이 아내를 위해 할 수 있는 유일한 일이라고 생각했기 때문이다. 논리적으로는 이해가 가지 않는 일이다. 이미 빵을 먹을 아내가 사라진 마당에 그게 무슨 의미일까.

나는 몰랐지만 박사와 엄마는 많은 얘길 나눴다. 세입자로 시작해 단골손님이 된 엄마는 박사와 이런저런 수다를 떨곤 했다. 누구에게도 내 얘기를 털어놓지 않은 엄마가 그에게 가장 자주 얘기한 건, 혹시 자신이 어떻게 되면 내가 성인이 될 때까지 잘 도와 달라는 부탁이었다. 엄마는 늘 나의 상태를 비밀로 하는 데 온 힘을 쏟았다. 나와 자신의 인생을 누군가에게 고백하는 엄마는 내가 모르는 엄마였다. 엄마에게 그런 사람이 있었다는 게 다행이었다.

38

할멈의 표현대로라면, 책방은 수천수만 명의 작가가 산 사람, 죽은 사람 구분 없이 다닥다닥 붙어 있는 인구 밀도 높은 곳이다. 그러나 책들은 조용하다. 펼치기 전까진 죽어 있다가 펼치는 순간부터 이야기를 쏟아 낸다. 조곤조곤, 딱 내가 원하는 만큼만.

인기척이 들리는가 싶더니 몸집이 작은 남자아이가 옷깃을 세운 채 쭈뼛거리며 책장 뒤로 사라졌다. 얼핏 머리통에 난 별 모양 땜빵이 눈에 들어왔다. 조금 후, 카운터 위로 성인 잡지 한 권이 턱 던져졌다. 사자처럼 곱실곱실한 금발 머리를 지닌 여자가 터질 것 같은 가슴을 가죽 재킷으로 간신히 여민 채 오토바이 위에 앉아 있다. 입을 살짝 벌리고 등을 한껏 뒤로 젖힌 채로.

—존나 식상하네. 골동품 모은다 생각하고 한 권 사 준다. 얼만데?

곤이였다.

—2만 원. 말 그대로 골동품이라 싸진 않아.

곤이는 툴툴거리며 주머닐 뒤지더니 지폐와 동전을 섞어 던지듯 떨어뜨렸다.

—너.

그러더니 카운터에 팔꿈치를 대고 턱을 괸 채 나를 빤히 올려봤다.

—로봇이라며? 아무것도 못 느낀다며, 너?

—완전히 그런 건 아냐.

곤이가 코를 두어 번 킁킁댔다.

—너에 대해서 조사를 좀 했지. 정확히 말하자면 네 망할 머리통에 대해서.

곤이가 손가락으로 자기 머리를 톡톡 쳤다. 잘 익은 수박을 두드릴 때 나는 소리가 들렸다.

—어쩐지. 어쩐지, 좀 이상하다 싶었거든. 난 뭐, 쓸데없이 힘만 쓴 거더라고.

—네가 찾아오면 너희 아빠가 전화 달라고 했는데.

—그럴 필요 없어.

곤이의 눈에 순간적으로 불길이 일었다.

—전화드려야겠다. 약속했으니까.

수화기를 들었지만 귀에 가져가기도 전에 바닥에 내동댕이쳐졌다.

—못 알아듣냐, 새꺄. 하지 말라고. 안 건드릴 테니까.

곤이는 가게 안을 한 바퀴 돌며 괜히 책을 뒤적거렸다. 그러더니 멀찌감치 서서 소리쳤다.

—맞을 때 아팠냐?

—아팠지.

—로봇이라더니, 완전히 깡통도 아니네 뭐.

—음…….

입을 열다 말았다. 내 상태에 대한 설명은 언제나 어려웠다. 특히 부연을 도와줄 엄마가 사라진 후엔 더더욱.

—예를 들어, 춥다거나 덥다거나 배고프다거나 아픈 거. 그런 건 나도 느껴. 안 그러면 살아 있을 수가 없겠지.

—그게 다야?

—간지러운 것도 느껴.

—간지럽히면 웃기도 하고?

—아마 그럴걸. 그런 장난을 당한 게 너무 오래전이라 확신할 순 없지만.

내 말에 곤이가 바람 빠지는 소릴 냈다. 어느새 카운터 앞에 와 있었다.

—뭐 하나 물어봐도 되냐.

나는 어깨를 으쓱했다. 곤이는 눈길을 딴 데다 돌렸다.

—너네 할머니 죽었다며. 진짜냐.

—응.

—엄만 식물인간이라며.

—굳이 말하자면 그렇다고 할 수 있지.

—네 눈앞에서 그렇게 됐다며? 어떤 미친놈한테 칼 맞아서.

—그래.

—근데 넌 그냥 보고만 있었다며.

—결과적으로는 그런 셈이지.

곤이가 홱 고갤 들었다. 눈빛이 일렁였다.

—존나 병신 같은 새끼네. 할머니랑 엄마가 눈앞에서 죽어 가는데 보고만 있냐. 그런 새끼는 그 자리에서 잡아 족쳤어야지.

—그럴 틈도 없었어. 그 사람도 바로 죽어 버렸거든.

—알아. 근데, 그놈이 살아 있었어도 넌 아무것도 못 했을 거야. 넌 아무것도 막지 못했을 거라고, 겁쟁이 새끼야.

—그럴지도 모르지.

내 대응에 곤이가 절레절레 고개를 저었다.

—내가 이런 얘기 해도 기분 나쁘지도 않냐. 어떻게 표정에 변화가 없어. 생각 안 나? 네 할머니랑 엄마 생각 안 나냐고.

—생각나. 많이. 자주.

—근데 잠은 잘 와? 학교는 어떻게 다녀? 망할, 가족이 네 앞에서 피 흘리면서 죽었는데.

—그냥. 살게 돼. 나보다 오래 걸릴지는 몰라도 다른 사람들도 얼마 안 돼 먹고 자고 다 할걸. 사람은 살게 돼 있는 존재니까.

—잘난 척 되게 하시네. 나 같음 매일 밤 열받고 억울해서 잠도 못 자겠다. 사실 이 얘기 듣고도 며칠 잠 못 잤는데. 나였음 그 새끼 내 손으로 죽였어.

—미안하다. 나 때문에 잠까지 못 자고.

—미안? 할머니 죽었을 때 눈물 한 방울 안 흘렸다면서, 나한테 미안하단 말은 할 줄 아냐? 겁나 매정한 새끼네.

—듣고 보니 넌 그렇게 생각할 수도 있겠다. 미안하단 말은 교육받은 거라 적절히 할 줄 알아.

곤이가 혀를 찼다.

—도무지 이해할 수가 없다, 너란 놈.

—다들 말은 안 해도 그렇게 생각하겠지. 그럴 거라고 엄마가 얘기해 줬었어.

—병신…….

거기까지 말하고 곤이는 입을 다물었다. 한동안 침묵이 흘렀고 그동안 머릿속엔 곤이와 나눈 대화가 다시금 떠올랐다. 이번엔 내가 운을 뗐다.

—근데 넌, 쓰는 단어가 진짜 몇 안 되나 보다.

—뭐?

—욕이 대부분이긴 한데, 하는 욕도 거기서 거기고. 어휘량이 너무 한정된 거 같은데 책을 좀 읽어 보면 도움이 될 거야. 그럼 사람들이랑 더 많은 얘길 할 수도 있을 거고.

—로봇 주제에 조언질이냐.

곤이가 하, 하며 헛웃음을 지었다.

—잘 볼게. 심심하면 또 올 수도 있고.

그 애는 자기가 고른 책을 흔들며 문밖으로 나섰다. 그 바람에 오토바이에 앉은 여자의 가슴에 물결이 쳤다. 문이 닫히기 전, 곤이는 몸을 돌렸다.

—아 그리고, 아빠라는 사람한테 전화할 필요 없다. 지금 집으로 가니까.

—그래, 거짓말 아니었으면 좋겠다. 네가 거짓말해도 난 눈치를 잘 못 챌 거거든.

—존나 선생님 나셨네. 그런다면 그런 줄 알아라.

탁 소리가 나게 문이 닫혔다. 한 줄기 바람이 가게 안으로 밀려 들어왔다. 옅은 여름 향이 묻어 있는 바람이었다.

39

윤 교수가 적절한 보상을 해서였는지, 피자집에서의 일은 학교로 따로 신고가 들어오진 않은 듯했다. 그 일은 아이들 사이에서 소문으로만 떠돌았다. 그리고 얼마간 뭔가가 터질 것 같은 냉랭한 기운이 감돌았다. 하지만 며칠이 지나자 이제 별다른 사건이 없을 거라는 걸 모두가 알아챘다. 곤이는 고개를 푹 숙인 채 아무와도 눈길을 마주치지 않았다. 곤이를 따르던 두 아이도 이제 다른 무리에 섞여 곤이 곁에 얼씬하지 않았다. 곤이는 알아서 구석진 곳에서 혼자 밥을 먹었고, 누군가를 노려보는 대신 엎드려 잤다. 그 애가 한때 문제를 일으켰던 별 볼 일 없는 아이로 치부되는 데는 많은 시간이 걸리지 않았다. 곤이가 화제에서 벗어나면서 나에 대한 아이들의 관심도 사그라들었다. 더 이상하거나 흥미진진한 것들로 아이들의 관심은 늘 바뀌었으니까. 한 아이가 공중파 오디션 프로그램의 본선에 진출했기 때문에, 아이들은 연일 그 애에 대해 떠들었다.

공식적으로, 그러니까 아이들의 분류에 따르면 우리는 '적'

이었다. 그동안 벌어진 일들만 보더라도 마땅히 그래야 했다. 그래서, 누가 그러자고 정한 것도 아닌데 학교에서 곤이와 나는 서로 모른 척했다. 말을 섞지도 눈을 마주치지도 않았다. 우리는 칠판지우개나 분필처럼 그저 학교를 구성하는 존재일 뿐이었다. 거기서는 누구도 진짜가 아니었다.

40

—씨바, 되게 예술적이네. 다 가려 놔서 볼 것도 없다.

전에 사 간 잡지를 카운터 위로 툭, 내려놓으며 곤이가 툴툴댔다. 말투와 행동은 비슷했지만 전보다 힘이 약해져 있었다. 책을 바닥에 던지지 않고 카운터에 올려놓은 것, 데시벨이 낮아진 목소리 따위. 반대로 어깨는 지난번보다 조금 더 펴져 있었다.

왠지는 모르겠다. 어찌 됐든 나는 내 의지와 상관없이 곤이의 방문 내지는 습격을 자주 받았다. 거의 매일 저녁, 녀석은 가게에 들렀다. 머무는 시간은 대중없었다. 의미 없는 말을 몇 마디 던지고 휙 나가는 때도 있었고 조용히 책을 구경하거나 캔 음료를 홀짝일 때도 있었다. 어쩌면 내가 그 애에게 아무것도 묻지 않았기 때문에 더 자주 드나드는 건지도 몰랐다.

—맘에 안 들었다니 유감이네. 하지만 규정상 환불은 안 돼. 하자가 있는 책이면 몰라도. 이렇게 사 간 지 오래된 경우엔 더 그렇고.

곤이가 크게 흥, 소리를 냈다.

—누가 환불해 달랬냐. 집에 놔두기 뭐하니까 그냥 다시 가져온 거지. 빌려 본 값 낸 셈 치지, 뭐.

—나름 고전이다. 마니아도 있을걸.

—나 고전 읽은 거냐. 독서 목록에 포함시켜야겠네.

제 말이 우스웠는지 곤이가 피식, 하고 웃었다. 하지만 내가 따라 웃지 않자 금세 정색하며 표정을 지웠다. 그런 말에 되웃어 주는 건 내겐 힘든 일에 속한다. 억지로 한다고 하더라도 입꼬리를 올리는 게 전부다. 억지웃음인 게 너무 티가 나서 오히려 상대를 비웃는다고 오해받을 수도 있는 웃음.

초등학교 때부터 냉정하고 무미건조한 아이로 평가받은 것도 대부분 웃는 것 때문이었다. 상황에 따라 자연스럽게 웃는 게 사회생활에서 매우 중요하다고 강조하던 엄마조차 매번 설명을 하다 지쳐 버릴 정도였으니까. 결국 엄마는 딴 방법을 생각했다. 딴짓을 하는 척한다든지 상대의 말을 못 들은 척해 보라고 했다. 하지만 그것도 대부분 타이밍을 놓쳤고 한참의 침묵이 있은 뒤에야 간신히 할 말을 찾곤 했다. 지금 곤이 앞에서는 그럴 필요가 없을 것 같았다. 고전에 대한 대화가 이어지고 있었으니까.

—1995년에 만들어진 거니까 잡지로 치면 할아버지지. 어렵게 구한 거야. 남들은 인정 안 할지도 모르는데, 진정한 고전이긴 해.

—그럼 다른 책도 한번 추천해 봐. 고전으로.

—'그런' 종류의 고전?

—그래. 네가 말한 '진정한' 고전.

고전은 은밀한 곳에 놓는 법이다. 곤이를 구석의 서가로 안내했다. 가장 안쪽에 있는, 먼지 쌓인 서가의 귀퉁이에서 나는 그 책을 뽑아 들었다. 구한말에 찍힌 외설 사진들이었다. 양반과 기생이 껴안고 여러 가지 체위를 보인다. 과감하게 찍혀서 아주 노골적이다. 더러는 성기가 노출된 모습도 찍혀 있다. 흑백 사진인 데다 한복을 입고 있다는 게 요즘과 다를 뿐.

곤이는 구석에 책상다리를 하고 앉아 책을 건네받았다. 페이지를 넘기자마자 그 애의 입이 떡 벌어졌다.

—대박. 우리 조상들한테 이렇게 대견한 구석이 있었냐.

—대견하다는 말은 너보다 어린 사람한테 쓰는 말이야. 진심인데, 너는 활자를 좀 더 읽어야 될 필요가 있어 보여.

—지랄.

그렇게 말하면서 곤이는 페이지를 넘겼다. 한 장 한 장 유심히 보며 규칙적으로 침을 꼴깍 삼켰다. 몸이 근질거리는지 어깨를 으쓱하더니 가부좌한 다리도 좌우로 들썩였다.

—얼마냐.

—비싸, 아주. 특별판이거든. 복사본이긴 해도 소장 가치가 있지.

—이런 거 찾는 사람도 있냐.

—진정한 고전을 아는 사람들이 찾겠지. 얼마 없어서 진짜 수집가 아니면 안 팔 거야. 그러니까 너도 조심해서 봐라.

곤이는 책을 탁 덮고는 주변의 책들을 뒤적였다. 『펜트하우스』『허슬러』『플레이보이』『선데이 서울』. 귀하고 비싼 것들이었다.

—이런 건 누가 공수해 왔냐.

—엄마.

—엄마가 센스 있으시네.

말해 놓고 곤이는 덧붙였다.

—칭찬임. 장사 수완이 있으시다고.

41

그 말은 틀렸다. 엄마는 장사 수완과는 거리가 멀어도 한참 먼 사람이었다. 나와 관계된 일들이 아니면 엄마는 오로지 낭만과 기분을 좇아 대부분의 일을 결정하는 사람이었고 헌책방을 차린 것부터가 그 증거였다. 가게를 연 초반에 엄마는 어떤 책들로 책방을 꾸며야 할지 고민했다. 특별한 테마가 떠오르진 않았나 보다. 그저 다른 헌책방들처럼 여러 가지 기술 서적, 학술 서적이나 문제집, 어린이책, 문학책 따위로 어느 정도 구색을 갖추기로 했다. 그러고 나서도 돈이 조금 남자 엄마는 그 돈으로 헌책방 안에 작은 커피 머신을 들여놓겠다고 했다. 책과 향긋한 커피 향. 딱이었다, 엄마 생각엔.

—커피 머신은 얼어 죽을.

콧방귀 뀐 건 할멈이었다. 할멈은 짧은 말 몇 마디로 엄마를 발끈하게 하는 데 아주 소질이 있었다. 엄마는 자신의 고상한 취미가 조롱 섞인 언어로 재단된 것에 분노했다. 할멈은 눈도 깜짝 안 하고 나지막이 덧붙였다.

—야한 책이나 가져다 놔라.

엄마가 입을 떡 벌린 채 흥흥, 소리만 내자 할멈은 설득의 기술을 발휘했다.

—김홍도 그림도 춘화가 제일 멋지더라. 오래된 건 다 고전이야. 자극적일수록 더 가치 있는 고전이 되지. 그런 책부터 구해.

그러곤 수미 쌍관으로 마무리했다.

—커피 머신은 얼어 죽을.

엄마는 며칠을 골똘히 고민하더니 할멈의 제안을 받아들이기로 했다.

엄마는 인터넷을 뒤져 철 지난 잡지를 팔겠다는 사람들을 수소문했고, 용산역에서 처음으로 한 남자와 직거래를 했다. 양이 많아서 나와 할멈도 따라갔다. 40대 후반으로 보이는 남자는 여자 둘에 청소년 하나인 우리의 조합에 놀라는 듯하더니 엄마에게 돈을 건네받고 쌩하니 사라졌다. 잡지는 노끈으로 묶여 있어 표지가 그대로 보였다. 돌아오는 지하철 안에서 사람들은 우리 셋과 우리 앞에 놓인 잡지 뭉치에 자주 눈길을 줬다.

—그럴 만도 하지. 다 벗은 여자가 노끈에 묶여 있으니.

할멈이 혀를 차다 엄마의 원성을 들었다.

—엄마가 시켜서 하는 거니까 공범 아닌 척하지 마!

그 뒤로도 몇 차례 직거래가 성사됐고, 그러다 보면 곤이에게 보여 준 것 같은 희귀 자료도 건지곤 했다. 그렇게 몇 번이나 발품을 판 끝에 할멈의 '고전 컬렉션'이 완성되었다.

불행히 이 경우엔 할멈의 혜안이 빗나갔다. 가끔씩 성인 잡지 코너에서 아저씨들이 책을 뒤적이는 모습을 본 적은 있다. 그러나 이 시대는 엄마의 20대 시절처럼 부끄러움을 무릅쓰고에로 비디오를 직접 구입하거나 대여해야 하는 하는 시대가 아니었다. 은밀한 짓은 온갖 경로로 집에서 아무도 모르게 해결할 수 있게 됐다. 그러니 2010년대 후반에 헌책방에서까지 야한 책을, 그것도 여자 주인 앞에 내놓는 게 예사로운 일은 아닌 거다. 어느 중고 레코드 가게 사장이 인테리어를 한다며 몇 권을 사 간 걸 제외하곤, 그쪽 세계의 고전들은 단 한 권도 팔리지 않았고 곧 구석에 처박혔다. 낱권으로 당당하게 산 사람은 곤이가 처음이었다.

42

그날 곤이는 '고전'이라는 걸 핑계 삼아 몇 권의 책을 더 사 갔다. 대여는 안 되느냐고 묻길래 나는 여기는 책을 파는 곳이지 빌려주는 곳이 아니라고 강조했다.

—알았다고, 이 꼴통아. 어차피 보고 다시 돌려줄 거야. 집에 보관하긴 뭐하잖냐.

욕은 여전했지만 확실히 전보다 부드러운 어조였다. 며칠 뒤 곤이는 또다시 책들을 가지고 돌아왔다. 나는 돌려줄 필요가 없다고 말했지만 곤이는 받아 새끼야, 하며 고집을 부렸다.

—옛날 거라 심히 보수적이더라. 내 취향이랑은 너무 거리가 멀어.

더 이상 실랑이해도 소용없을 것 같아서 책들을 받았다. 그런데 중간에 몇 페이지가 떨어지고 없었다. 가운데가 오려진 페이지도 있었다. 미처 찢지 않은 표제가 눈에 띄었다. 브룩 실즈. 곤이가 제발이 저린지 나를 쏘아보았다.

—이거 되게 구하기 힘든 거였는데. 리즈 시절 브룩 실즈가

실린 잡지 중에 책장이 제대로 남아 있는 게 얼마 없거든.

—그 여자 사진 더 없냐.

—보여 줄까.

카운터에 있는 컴퓨터를 켰다. '브룩 실즈 리즈 시절'이라고 치고 이미지 검색을 클릭했다. 브룩 실즈가 쏟아져 나왔다. 어린 시절부터 젊음의 정점에 이를 때까지의 모습들이. 곤이가 연신 감탄했다.

—어떻게 사람이 이렇게 생길 수가 있냐.

입을 헤벌리고 사진을 한 장씩 넘기던 곤이가 갑자기 엑, 소리를 냈다.

—뭐야, 이 사진은.

'브룩 실즈 최근'이라는 제목이 달린 사진이었다. 오십이 넘어 주름이 가득한 얼굴이 모니터를 채웠다. 젊음은 사그라들었지만 젊었을 때의 미모가 아주 없는 것은 아니었다. 하지만 곤이는 그렇게 생각하지 않는 것 같았다.

—나 지금 진심 충격받은 거 아냐? 환상이 완전히 깨졌어. 차라리 보지 말걸…….

—원해서 변한 건 아니니 너무 그러지 마. 세월은 그 누구도 비껴갈 수 없고 살다 보면 별 희한한 일들을 다 겪게 돼.

—누군 몰라? 넌 무슨, 말 한 마디 한 마디가 노인네 같냐.

—미안하다고 해야 되는 거니.

—아, 진짜, 왜 이렇게…… 왜 이런 식으로 변한 거야…….

왜 보여 줬어, 새끼야. 이게 다 너 때문이잖아.

그날 곤이는 브룩 실즈와 나에게 번갈아 화만 잔뜩 내다가 아무것도 사지 않고 그냥 갔다.

그러더니 이틀 만에 다시 나타났다.

—궁금해서 그러는데.

—뭐.

—나 요 며칠 동안 브룩 실즈 사진 계속 봤다. 옛날 사진 말고, 요새 얼굴들.

—그 얘기 하려고 온 거?

—요새 너 좀 까분다.

—의도는 아닌데, 그렇게 생각됐다면 유감이고.

—어쨌든 브룩 실즈 사진을 보니까, 여러 가지 생각이 드는 거야.

—어떤?

—운명과 시간.

—네 입에서 나온 말치곤 새롭다.

—넌 새끼야, 단순한 말도 존나 재수 없게 하는 거 아냐?

—모른다.

—잘났다.

—고맙다.

갑자기 곤이가 웃었다. 하하하하하. 숨 한 번에 다섯 개의

하가 분절되어 들어 있었다. 여기서 웃음이 나오는 포인트가 대체 뭐지. 화제를 돌렸다.

—침팬지나 고릴라도 웃는 거 알아?

—뭐, 그렇다 치고.

—그럼 인간의 웃음과 다른 점은?

—알 게 뭐야. 어차피 잘난 척하려는 거면 그냥 말해.

—사람은 숨 안에 웃음이 실려 있는데 유인원은 내쉬는 숨에 한 번씩밖에 못 웃어. 복식 호흡하듯이 하, 하, 하, 하, 하고 말이야.

—복근 생기겠네.

곤이가 그렇게 말하고 또 웃었다. 이번엔 키드드득, 하고. 그러고선 웃음을 진정시키듯 숨을 한 번 들이쉰 뒤 길게 내뱉었다. 휴우.

뭔가가 달라진 것 같았다, 조금 전과는. 무언가가.

—근데 운명과 시간이라니, 무슨 얘긴데?

내가 물었다. 곤이랑은 이런 식의 대화가 처음이라 좀 낯설었지만 그만두어야 한다는 생각은 들지 않았다.

—말로 하긴 힘든데…… 그러니까, 브룩 실즈는 젊었을 때 알고 있었을까? 늙을 거라고. 지금이랑은 전혀 다른 모습으로 나이 들어 있을 거라는 거. 늙는단 거, 변한다는 거, 알고는 있어도 잘 상상하진 못하잖아. 갑자기 그런 생각이 들었어. 어쩌면 지금 길 가다 보는 이상한 사람들, 그러니까 뭐 지하철 안에

서 혼자 중얼대는 노숙자 아줌마라든가, 무슨 일을 겪은 건지 다리가 양쪽 다 없어서 배로 땅을 밀면서 구걸하는 사람들…… 그런 사람들도 젊었을 때는 전혀 다른 모습일 수 있었겠구나, 하는 생각.

—싯다르타도 너랑 비슷한 고민을 하다가 왕궁을 나왔대.

—싯…… 누구지? 많이 들어봤는데.

이 대목에서 말문이 막혔다. 간신히 곤이의 신경을 돋우지 않을만한 답을 생각해 냈다.

—있어, 좀 유명해.

—어쨌든.

성공했는지 별 반응이 없다. 곤이가 먼 곳을 봤다. 목소리가 낮아졌다.

—그러니까 너랑 나도 언젠가는, 우리가 전혀 상상하지 못한 모습이 될 수도 있겠지.

—그럴 거야. 어떤 방향이든. 그게 인생이니까.

—잘 나가다가 또 재수 없네. 그래 봐야 너나 나나 살아온 횟수도 같거든.

—햇수야. 횟수 아니고.

곤이가 손바닥을 올렸다가 내렸다. 확 그냥,이라고 말하면서.

—이상하게 이제 더 이상 그런 옛날 잡지 보기 싫다. 즐겁지 않아. 아름다운 것들이 시들어 가는 상상이 돼서. 너 같은

새낀 영영 이해 못 하겠지만.

—브룩 실즈한테 흥미가 떨어졌다면, 너한테 도움이 될 다른 책을 추천해 줄 수는 있어.

—줘 봐.

곤이가 싱겁게 대꾸했다. 나는 외국 작가가 쓴 『사랑의 기술』을 추천해 줬다. 제목을 본 곤이는 묘한 미소를 짓고는 돌아갔다. 며칠이 지나지 않아 다시 찾아와서 이딴 개소리는 집어치우라고 역정을 내긴 했지만, 그래도 그렇게 의미 없는 추천은 아니었다.

43

계절은 어느덧 5월의 초입에 들어서고 있었다. 5월 정도면 많은 게 익숙해진다. 신학기의 낯섦도 사라진다. 사람들은 계절의 여왕이 5월이라고 말하지만 내 생각은 좀 다르다. 어려운 건 겨울이 봄으로 바뀌는 거다. 언 땅이 녹고 움이 트고 죽어 있는 가지마다 총천연색 꽃이 피어나는 것. 힘겨운 건 그런 거다. 여름은 그저 봄의 동력을 받아 앞으로 몇 걸음 옮기기만 하면 온다.

그래서 나는 5월이 한 해 중 가장 나태한 달이라고 생각했다. 한 것에 비해 너무 값지다고 평가받는 달. 세상과 내가 가장 다르다고 생각되는 달이 5월이기도 했다. 세상 모든 게 움직이고 빛난다. 나와, 누워 있는 엄마만이 영원한 1월처럼 딱딱하고 잿빛이었다.

방과 후에만 문을 열었으므로 당연히 책방의 매출은 좀처럼 오르지 않았다. 모름지기 장사란 되지 않으면 접어야 한다던 할멈의 말도 떠올랐다. 매일 먼지를 쓸고 닦았지만 두 사람이 사라진 공간은 점점 낡아 가는 느낌이었다. 나 혼자 이 공간을 언제까지 감당할 수 있을까.

서가 사이를 걷다가 들고 있던 책들을 우르르 떨어뜨렸다. 그 바람에 책장에 손끝이 베였다. 습기를 잔뜩 먹은 헌책방에서 자주 벌어지는 일은 아니다. 빳빳하고 두꺼운 종이로 만든 백과사전이라 운이 없었을 뿐이다. 낙하하는 핏방울을 멍하니 바라보았다. 바닥에 붉은 핏방울이 도장처럼 톡톡 찍힌다.

—뭐 해, 병신아. 피 나잖아.

곤이다. 들어온 줄도 몰랐는데 어느새 다가와선 말한다.

—안 아프냐?

곤이의 눈이 동그랗다. 얼른 휴지를 뜯어 손에 쥐여 준다.

—이 정도는 괜찮은데.

—지랄 마. 피 나면 아픈 거야. 진짜 바보냐?

곤이가 화를 냈다. 생각보다 많이 베였는지 휴지가 금세 빨갛게 물들었다. 곤이는 새로 휴지를 말아 내 손을 쥐었다. 꽉 잡은 손가락에서 맥이 고동쳤다. 한참 동안 그러고 있자 피가 멎었다.

곤이가 언성을 높였다.

—네 몸뚱이 챙길 줄도 모르냐?

—아프긴 한데 참을 만해서.

—피가 줄줄 흐르는데 참을 만해? 진짜 로봇이냐? 그렇게

생각하니까 어, 그렇게 대충대충 얼버무리니까 네 할머니, 엄마가 눈앞에서 그 꼴을 당하는데 멍청히 서 있었지. 아프겠단 생각, 막아야겠단 생각도 못 했지. 화도 안 내고. 아무것도 모르니까.

—맞아. 의사들도 그랬어. 타고났대.

사이코패스. 초등학교 때부터 아이들이 나를 놀릴 때 쓰던 대표적인 단어다. 엄마와 할멈은 길길이 뛰었지만 사실 나는 그 말에 어느 정도 동의했다. 나는 진짜 그런 건지도 모른다. 누군가에게 상처를 입히거나 죽여도 죄책감이든 혼돈이든 아무것도 못 느낄 테니까. 그렇게 타고났으니까.

—타고나? 그 말이 세상에서 제일 재수 없는 말이야.

곤이가 말했다.

44

얼마 후 곤이는 투명한 플라스틱 통을 가지고 왔다. 어디서 구했는지 그 안에는 나비가 한 마리 들어 있었다. 날갯짓을 하기엔 통 안이 너무 좁은지 나비가 여기저기에 둔탁하게 부딪히는 소리가 들렸다.

—이게 뭐야.

—공감 교육.

곤이의 얼굴에 웃음기는 없었다. 장난은 아닌 거다. 그 애는 통 안으로 조심스레 손을 넣어 나비를 잡았다. 꽃잎처럼 얇은 날개를 잡힌 나비가 힘없이 버둥댔다.

—어떨 것 같아?

곤이가 물었다.

—움직이고 싶을 것 같아.

나비를 꺼낸 곤이는 한 손에 날개를 한쪽씩 잡더니 조금씩 옆으로 늘이기 시작했다. 나비의 더듬이가 여기저기로 휘었고 몸통은 심하게 버둥거렸다.

—나한테 뭔갈 느끼게 하려고 이런 짓 하는 거라면 그만둬.

—왜.

—나비도 아플 테니까.

—네가 아픈 것도 아닌데 어떻게 알지?

—팔을 잡아당기면 아프니까. 그런 건 경험으로 알아.

곤이는 그만두지 않았다. 나비의 몸부림도 극심해졌다. 곤이는 날개를 잡고 있으면서도 시선은 딴 데로 돌렸다.

—아플 것 같다고? 그게 전부면 안 되지.

—그럼?

—예를 들면, 네가 아플 것 같은 느낌이 들어야지.

—내가 왜 아파? 난 나비가 아닌데.

—좋아. 계속 가 보자. 네가 뭔가를 느낄 때까지.

곤이가 날개를 더 잡아당긴다. 여전히 딴 데를 보면서.

—그만하라고 말했을 텐데. 생명을 갖고 장난치는 건 나쁜 거야.

—교과서처럼 나불대지 마. 말했잖아. 네가 정말 뭘 느끼면 그때 놔주겠다고.

그 순간 나비의 날개 한쪽이 찢어졌다. 곤이의 입에서 짧고 급한 숨이 튀어나왔다. 한쪽 날개를 잃은 나비는 남은 날개를 헛되이 놀리며 제자리에서 빙글빙글 돌았다.

—불쌍하단 생각 안 드냐?

곤이가 씩씩대며 물었다.

—불편해 보여.

—불편해 보이는 게 아니라 불.쌍.해. 보이지는 않냐고, 망할.

—그만두자.

—아니.

곤이는 허둥거리며 주머니에서 뭔가를 꺼냈다. 바늘이었다. 그 애는 바닥을 돌고 있는 나비에게 바늘을 가져다 댔다.

—뭐 하는 거야.

—똑똑히 봐.

—그만둬.

—똑똑히 봐. 안 그럼 다 박살 날 줄 알아. 알았어?

나는 책방이 난장판이 되는 것을 원하지 않았고 곤이라면 능히 그러고도 남을 아이라는 걸 알았다. 곤이는 의식을 치르는 제사장이라도 된 양 나비를 노려봤다. 순식간에 나비의 몸통에 바늘이 꽂혔다. 나비는 소리 없이 발버둥 쳤다. 자신이 할 수 있는 최대한으로, 파닥거리며, 필사적으로.

곤이는 나를 매섭게 쏘아봤다. 그러곤 이를 악물더니 남아 있던 나비의 한쪽 날개마저 떼어 냈다. 표정이 변하는 건 내가 아니라 곤이 쪽이었다. 눈썹이 눈에 띄게 움찔거리기 시작했고 비웃듯 올라갔던 입술은 이빨에 꽉 물려 있었다.

—어때. 이제 좀 맘이 움직이냐? 이래도 불편해 보이기만 하냐고. 그게 네가 느끼는 전부냐고.

곤이의 목소리는 갈라져 있었다.

—이제는 아플 거라고 생각해, 몹시. 근데 불편해 보이는 건 너야.

—그래, 난 이런 거 좋아하지 않거든. 화끈하게 패든가 죽여 버리는 게 낫지, 이런 식으로 미적거리면서 고문하는 거 아주 질색이야.

—그럼 왜 하는데. 난 어차피 네가 원하는 걸 보여 줄 수가 없어.

—닥쳐, 병신아.

어느새 곤이의 얼굴이 뒤틀려 있었다. 소각장에서 내게 발길질하던 그날로 돌아간 것 같았다. 곤이는 나비에게 뭔가를 더 해 보려고 했지만, 그럴 수 없었다. 날개도 없이 몸에 바늘이 꽂힌 채 빙빙 도는 나비는, 더 이상 나비라는 단어가 어울리지 않았다. 벌레는 온몸으로 고통을 표현하고 있었다. 앞, 뒤, 옆으로 빙빙 돌며 초라해진 모습으로 사력을 다했다. 그만두라고 외치는 걸까, 끝까지 살고 싶어서 그런 걸까. 그저 본능일 거다. 감정이 아닌, 감각이 주는 본능.

—젠장할, 못 해 먹겠네!

쿵. 쿵. 쿵. 곤이는 나비를 땅에 던지더니 몇 차례 밟고 짓이기듯 힘을 다해 발을 비볐다.

45

나비가 있던 자리엔 작은 점 같은 흔적이 남았다. 나는 나비가 편안한 곳으로 갔기를 바랐다. 그리고, 나비가 불편에 처하는 걸 막을 수 있었다면 좋았을 거라고 생각했다.

나는 그날 있었던 일이 눈싸움 같은 거였다고 생각한다. 단순한 게임이다. 먼저 눈을 감는 쪽이 지는 것뿐이다. 그런 종류의 싸움에서 나는 언제나 승자다. 사람들은 눈을 감지 않으려고 기를 쓰지만, 나는 애초에 눈을 감을 줄 모르기 때문이다.

곤이가 내 앞에 나타나지 않는 시간이 길어지고 있었다. 그 애는 나비에게 그런 짓을 하고 나서 왜 화를 냈을까. 내가 반응하지 않아서? 자신을 막지 않아서? 결국 그런 짓을 하고 만 스스로에게 화가 나서? 이런 질문을 나눌 수 있는 사람은 한 사람뿐이었다.

심 박사는 내가 던지는 질문에 늘 최선을 다해서 답하려고 애썼다. 곤이와 나의 특별한 관계를 편견 없이 들어 주는 사람도 그가 유일했다.

—전 평생 지금처럼 살게 될까요? 아무것도 느끼지 못하면서 말이에요.

우동 면발을 삼키며 물었다. 심 박사는 가끔 내게 밥을 사 줬는데 면 종류를 좋아했다. 취향이 빵 아니면 면인 모양이었다. 그는 단무지를 끝까지 씹어 삼키곤 입을 닦았다.

—어려운 질문이네. 난 이렇게 말하고 싶다. 너한테서 그런 질문이 나왔다는 것 자체가 이미 굉장한 변화라고. 그러니까 노력을 해 보자고 말이야.

—어떤 노력을 해야 하는데요? 타고난 머리의 문제라면요. 엄마가 시켜서 매일 아몬드도 먹었지만 아무 소용 없었어요.

—음, 글쎄. 아몬드를 먹는 대신 자극을 주는 건 조금 효과가 있을지도 모르겠다. 뇌라는 놈은 생각보다 멍청하거든.

편도체가 작게 태어났지만 노력을 통해 가짜 감정이라도 자꾸자꾸 만들다 보면 뇌가 그걸 진짜 감정으로 인식할지도 모른다는 게 심 박사의 말이었다. 그러면 편도체의 크기나 활성화에 영향이 있을지도 모르고, 어쩌면 다른 사람들의 감정을 읽는 게 조금은 쉬워질지도 모른다고.

—지난 16년간 꿈쩍 않던 머리가 이제 와서 변할까요?

—예를 들어 볼게. 스케이트에 전혀 소질이 없는 사람이 백 날 연습을 한다고 해서 최고의 스케이터가 되지는 못할 거야. 타고난 음치가 오페라의 아리아를 멋들어지게 불러 청중의 갈

채를 받는 것도 불가능할 거고. 하지만 연습을 하면 말이지, 적어도 비틀거리며 얼음 위로 조금 나아가는 것 정도는, 서툴게나마 노래 한 소절쯤 부르는 것 정도는 가능해진단다. 그게 바로 연습이 허용하는 기적이자 한계지.

천천히 고개를 끄덕였다. 납득은 됐으나 설득되진 않았다. 과연 나에게도 적용되는 말일까.

—이런 고민을 언제부터 했니?

—얼마 전부터요.

—계기나 이유는?

—글쎄요. 남들은 다 본 영화를 나만 못 보는 거랑 비슷한 것 같아서요. 안 봐도 상관없지만 본다면 다른 사람들과 얘기 나눌 거리가 조금쯤은 많아지겠죠.

—놀라운 발전인걸. 방금 네 말 속에는 타인과 소통하고 싶어 하는 의지가 담겨 있으니까.

—사춘기인가 보죠.

심 박사가 웃었다.

—이왕이면 즐겁고 예쁜 걸로 연습해 봐. 넌 백지나 다름없어. 그러니까 나쁜 것 말고 좋은 걸 많이 채워 넣는 편이 좋아.

—해 볼게요. 어떻게 해야 되는지 잘 모르겠지만 가만있는 것보다는 나을 테니까.

—몰랐던 감정들을 이해하게 되는 게 꼭 좋기만 한 일은 아니야. 감정이란 참 얄궂은 거거든. 세상이 네가 알던 것과 완

전히 달라 보일 거다. 감정 때문에 너를 둘러싼 아주 작은 것들까지도 모두 날카로운 무기로 느껴질 수 있고, 별거 아닌 표정이나 말이 가시처럼 아프게 다가올 수도 있지. 길가의 돌멩이를 보렴. 아무것도 느끼지 못하는 대신 상처받을 일도 없잖니. 사람들이 자신을 차고 있다는 것도 모르니까. 하지만 자신이 하루에도 수십 번 차이고 밟히고 굴러다니고 깨진다는 걸 '알게 되면', 돌멩이의 '기분'은 어떨까. 이 예조차 아직은 네게 와닿지 않을지도 모르겠다. 그러니까, 내가 말하려는 건…….

—알아요, 엄마가 비슷한 얘길 자주 해 주셨어요. 절 위로하려고 한 말이었겠지만. 엄마는 아주 똑똑한 여자였거든요.

—엄마들은 대부분 똑똑하지.

심 박사가 미소를 지었다. 나는 조금 뜸을 들인 후 입을 열었다.

—질문 하나 드려도 될까요?

—물론이지. 어떤 질문인데?

—인간관계에 대한 질문이랄까요?

심 박사는 너털웃음을 터뜨리더니 이내 의자를 끌어당겨 앉으며 두 팔을 테이블 위에 올렸다. 나비에 관한 이야기부터 꺼냈다. 이야기가 진행될수록 심 박사는 두 손을 불끈 쥐었다. 하지만 얘기가 다 끝나자 표정을 풀고 빙긋 웃었다.

—그러니까 네가 알고 싶은 게 정확히 뭐지? 곤이가 네 앞에서 그런 짓을 한 이유? 아니면 그때 곤이가 느꼈을 감정?

—글쎄요. 둘 다라고 해 두죠.

박사가 고개를 끄덕였다.

—곤이는 너랑 친구가 되고 싶어 하는 것 같구나.

—친구.

내가 의미 없이 되뇌었다.

—친구가 되고 싶을 때 눈앞에서 나비를 찢어 죽이기도 하나요?

심 박사는 두 손을 깍지 꼈다.

—그건 아니지. 아무튼 네 앞에서 나비를 죽이고 나서 곤이는 자존심이 많이 상한 것 같아.

—나비를 죽여 놓고 자존심은 왜 상했을까요.

박사가 길게 한숨을 쉬었다. 내가 재빨리 덧붙였다.

—저를 이해시키는 게 쉽진 않으실 거예요.

—아니야. 어떻게 하면 더 단순하고 쉽게 얘기할 수 있을지 고민하고 있었을 뿐이야. 자, 핵심만 말할게. 그 앤 너한테 관심이 많아. 널 알고 싶어 하고, 또 너와 같은 느낌을 느끼고 싶어 하지. 그런데 얘기를 들어 보니 늘 그 애 쪽에서 네게 다가간 것 같구나. 한 번쯤 네가 먼저 다가가 보는 건 어떨까?

—어떻게요?

—한 가지 질문에도 백 가지 다른 답이 있는 게 이 세상이란다. 그러니까 내가 정확한 답을 주기는 어려워. 특히 네 나이 땐 세상이 더 수수께끼 같을 거야. 스스로 답을 찾아야 되는

때니까. 그래도 굳이 조언을 원한다면, 질문으로 대신해 볼게. 곤이가 너한테 제일 많이 한 행동이 뭐지?

—때린 거요.

심 박사가 어깨를 으쓱했다.

—깜박했다. 그건 패스하자. 그다음으론?

—음.

잠깐 생각했다.

—찾아온 거요.

박사가 테이블을 가볍게 치며 고개를 끄덕였다.

—네가 할 수 있는 방법 하나는 찾은 것 같은데?

46

아주머니가 나를 위해 사과를 깎았다. 통통한 몸을 지닌 아주머니는 미소를 짓고 있었고 입 주변과 눈매가 부드러워서 가만있어도 웃고 있는 것처럼 보였다. 사과 껍질이 끝까지 끊어지지 않고 나선형으로 깎여 나갔다. 나는 낯선 집의 부엌 테이블에 앉아 사과를 앞에 두고 기다렸다. 사과가 누렇게 변하다 못해 갈색이 되어 갈 때쯤 곤이가 나타났다. 나를 보자 놀란 듯 주춤했지만 아주머니가 중간에서 어색하지 않게 말을 꺼냈다.

—곤이 학생 왔네. 친구가 30분 전부터 기다리고 있었어. 아버지는 오늘 늦으신대. 밥은?

—괜찮아요. 고맙습니다.

그렇게 말하는 곤이의 표정은 내가 곤이에게서 처음 보는 종류의 것이었다. 목소리는 착 가라앉아 있었고 예의 발랐다. 하지만 아주머니가 모습을 감추자마자 곤이는 제 세계에 돌아온 아이처럼 다시 원래의 퉁명스러운 말투로 얘기했다.

—어쩐 일?

—그냥. 얼굴 보러 왔는데.

곤이가 입을 삐죽거렸다. 곧 아주머니가 따끈하게 만 국수 두 그릇을 내왔다. 실은 배가 몹시 고팠는지 곤이는 국수를 받자마자 요란하게 후루룩거리기 시작했다.

—1주일에 두 번씩 일하러 오시는데 되게 좋아. 적어도 아빠라는 사람이랑 같이 있는 것보단 편하니까.

곤이가 작게 중얼거렸다. 여전히 아빠와는 친해지지 못한 것 같았다. 곤이가 살고 있는 곳은 학교와 무척 멀었다. 윤 교수의 집은 한강이 내려다보이는 깨끗하고 화려한 아파트의 꼭대기 층이었고 거기에선 서울을 상징하는 대부분의 것들을 내려다 볼 수 있었다. 하지만 곤이는 자신이 그렇게 높이 있다는 게 느껴지지 않는다고 했다.

아버지와 아들은 말을 섞지 않은 지 오래였다. 초반에 너무 힘을 쓴 윤 교수는 아들과의 관계를 완전히 포기했다. 그는 수업이나 학회를 핑계로 자주 집을 비웠고 둘의 간극은 좁혀지지 않았다.

—그 남자는 말이야…….

곤이가 말했다.

—그동안 내가 어떻게 살아왔는지 한 번도 물어본 적이 없어. 내가 그곳에서 어떤 생활을 했는지, 어떤 애들과 어울렸는지. 어떤 꿈을 꾸고 어떤 일로 절망했는지……. 그 사람이 날 만난 다음에 제일 먼저 한 게 뭔 줄 알아? 강남에 있는 학교에

날 처넣은 거야. 거기 가면 내가 모범적으로 공부해서 좋은 대학에라도 갈 줄 알았나 봐. 근데 첫날 가 보니까 나 같은 놈은 결코 어울릴 수 없는 물인 거야. 날 보는 눈빛 하나하나에 그렇게 쓰여 있더라고. 그래서 깽판을 좀 쳐 줬지. 거긴 얄짤 없더라. 며칠 만에 쫓겨났어.

곤이가 콧바람을 뿜었다.

—간신히 전학시킨 게 여기야. 그나마 인문계라 체면은 섰겠지. 그 사람은 내 인생에 시멘트를 쫙 들이붓고 그 위에 자기가 설계한 새 건물을 지을 생각만 해. 난 그런 애가 아닌데…….

곤이가 바닥을 노려봤다.

—난 아들이 아냐. 잘못 찾아온 잡동사니지. 그래서 그 여자 죽기 전에 얼굴도 못 본 거고…….

엄마. 어쩌다가 그 단어가 나올 때면 곤이는 갑작스러운 침묵에 빠졌다. 어디서건, 그러니까 책에서건 영화에서건 지나가던 사람들의 입에서건, 엄마라는 단어가 나오면 곤이는 음소거 버튼을 누른 것처럼 하던 말을 멈췄다.

그 애가 엄마에 대해 기억하는 건 한 가지뿐이었다. 따뜻하고 보드라웠던 엄마의 손. 엄마의 얼굴은 그려지지 않아도 적당히 땀이 밴 촉촉하고 보드라운 손의 촉감은 잊을 수 없었다. 그 손을 잡고 햇볕 아래에서 그림자놀이를 하던 기억이 난다고 했다.

삶이 장난을 걸어올 때마다 곤이는 자주 생각했다고 한다. 인생이란, 손을 잡아 주던 엄마가 갑자기 사라지는 것과 같다고. 잡으려 해도 결국 자기는 버림받을 거라고.

—너랑 나, 누가 더 불행한 걸까. 엄마가 있다가 없어지는 거랑, 애초에 기억에도 없던 엄마가 갑자기 나타나서 죽어 버리는 것 중에서.

나도 답을 몰랐다. 곤이는 한동안 고갤 숙이고 있더니 입을 뗐다.

—내가 그동안 널 왜 찾아간 줄 알아?

—아니.

—두 가지 이유가 있었어. 하나는, 적어도 너는 다른 사람들처럼 날 쉽게 판단하지 않더라고. 네 별난 머리 덕에. 그 별난 머리 때문에 나비니 뭐니 뻘짓만 했지만……. 그리고 두 번째는.

곤이가 잠깐 히죽였다.

—사실은 물어보고 싶은 게 있었어. 근데 씨발, 입이 잘 안 떨어지더라…….

우리 사이는 조용해졌다. 나는 초침이 탁탁거리는 동안 곤이의 다음 말을 기다렸다. 천천히 곤이가 속삭였다.

—어땠어? 그 여자.

질문을 이해하는 데 시간이 좀 걸렸다.

—넌 만나 봤잖아. 한 번뿐이지만.

기억을 되짚었다. 꽃으로 가득한 방과 회색빛 얼굴이 떠올랐다. 그때는 몰랐지만 그 얼굴 안에 담겨 있던 곤이의 모습도.

—너랑 닮았어.

—사진 봐도 난 모르겠던데.

곤이가 칫, 하고 코웃음을 쳤다. 그러면서 또 묻는다.

—어디가 닮았는데?

이번엔 나를 정면으로 쏘아본다. 나는 내가 기억하는 아줌마의 얼굴을 곤이의 얼굴 위에 겹쳤다.

—눈. 얼굴 윤곽. 웃을 때 표정. 눈꼬리가 길어지면서 입가에 작은 보조개가 파이는 거.

—씨발…….

곤이가 고갤 돌렸다.

—근데 널 보고 나라고 생각한 거잖아.

—그 상황에선 누구라도 그랬을 거야.

—네 얼굴에서 자기랑 닮은 곳을 찾으려고 했을 거 아냐.

—나한테 했던 말은 너한테 하는 말이었어.

—마지막엔, 마지막에는 뭐라고 했냐.

—마지막엔 날 안아 주셨어. 꽉.

곤이가 고개를 가로저었다. 그러곤 간신히 속삭이듯 내뱉었다.

—따뜻했냐, 그 품이.

—응. 많이.

솟아올라 굳어 있던 곤이의 어깨가 천천히 내려가기 시작했다. 풍선에서 바람이 빠져나가듯 그 애의 얼굴이 쭈글쭈글해졌다. 얼굴은 천천히 아래로 향했고 이어서 무릎이 툭 꺾였다. 고개를 푹 숙인 몸이 들썩였다. 아무런 소리도 나지 않았지만 그 애는 울고 있었다. 나는 말없이 곤이를 내려다보았다. 쓸데없이 키가 커진 느낌이었다.

47

여름 방학 내내 우리는 만났다. 피부가 끈적할 만큼 습했던 그 여름밤에 곤이는 가게 앞 평상에 드러누워 내게 많은 이야기를 들려줬다. 하지만 여기에 곤이에게서 들은 이야기를 그대로 옮기는 게 무슨 의미가 있을까 싶다. 곤이는 그저 자신의 인생을 살았을 뿐이다. 버려지고 헤집어지고 때로는 지저분하다고 말하기에 충분한 인생을, 16년의 삶을 말이다. 나는 운명이 주사위 놀이를 하는 거라고 말해 주려다가 그만뒀다. 그거야말로 책에서 읽은 구절에 지나지 않았다.

곤이는 내가 만난 사람 중에 가장 단순하고 투명했다. 나 같은 바보조차 속을 들여다볼 수 있을 정도였으니까. 세상이 잔인한 곳이기 때문에 더 강해져야 한다고, 그 애는 자주 말했다. 그게 곤이가 인생에 대해 내린 결론이었다.

우린 서로를 닮을 수는 없었다. 나는 너무 무뎠고, 곤이는 제가 약한 아이라는 걸 인정하지 않고 센 척만 했다.

사람들은 곤이가 대체 어떤 앤지 모르겠다고 했지만, 나는 그 말에 동의하지 않았다. 단지 아무도 곤이를 들여다보려고 하지 않았을 뿐이다.

어딘가를 걸을 때 엄마가 내 손을 꽉 잡았던 걸 기억한다. 엄마는 절대로 내 손을 놓지 않았다. 가끔은 아파서 내가 슬며시 힘을 뺄 때면 엄마는 눈을 흘기며 얼른 꽉 잡으라고 했다. 우린 가족이니까 손을 잡고 걸어야 한다고 말하면서. 반대쪽 손은 할멈에게 쥐여 있었다. 나는 누구에게서도 버려진 적이 없다. 내 머리는 형편없었지만 내 영혼마저 타락하지 않은 건 양쪽에서 내 손을 맞잡은 두 손의 온기 덕이었다.

48

이따금씩 엄마가 내게 불러 준 노래들을 떠올렸다. 엄마는 낭랑한 목소리를 갖고 있었지만 노래를 부를 때만큼은 음색이 낮았다. 다큐멘터리에서 본 고래의 노랫소리 같기도 했고 그저 바람 소리나 멀리서 들려오는 파도 소리 같기도 했다. 귓가를 떠돌던 엄마의 목소리는 시간이 갈수록 점점 희미해져 가고 있었다. 곧 엄마의 목소리를 잊어버릴지도 모른다. 내가 알던 모든 게 내게서 멀어지고 있었다.

3부

49

도라는 곤이의 정반대 지점에 서 있는 아이였다. 곤이가 고통, 죄책감, 아픔이 뭔지 알려 주려 했다면 도라는 내게 꽃과 향기, 바람과 꿈을 가르쳐 주었다. 그건 처음 듣는 노래 같았다. 도라는 누구나 알고 있는 노래를 전혀 다른 방식으로 바꿔 부를 줄 아는 아이였다.

50

개학이었다. 교정의 풍경은 비슷한 듯 달라져 있었다. 짙은 나뭇잎들이 더더욱 짙어져 있는 정도의 변화. 그런데 냄새가 달랐다. 아이들에게서 나는 냄새가 계절이 무르익은 만큼 진해졌다. 여름은 힘을 다해 가는 중이었다. 나비들이 서서히 자취를 감췄고 죽은 매미들이 길 위를 뒹굴었다.

이른 가을이 오면서 내게도 묘한 변화가 생겼다. 설명하기 힘든, 변화라고 하기도 힘든 변화들. 알고 있던 것들이 다르게 보이고 쉽게 쓰이던 단어들이 혀끝에서 꺼끌꺼끌하게 맴돌았다.

TV에서 데뷔 3년 만에 처음으로 1위를 한 5인조 걸그룹의 수상 소감을 보고 있던 그 일요일 오후도 그랬다. 짧은 치마에 가슴을 겨우 가린 탑을 입은 내 또래의 여자애들이 부둥켜안고 방방 뛰었다. 리더가 떨리는 목소리로 그들의 매니저와 사장, 기획사 직원들과 스타일리스트, 팬클럽의 이름을 달달 외운 듯 속사포로 뱉어 내더니 울먹이며 익숙한 대사를 읊었다.

—사랑해 주셔서 감사합니다. 여러분 정말 사랑해요. 아름다운 밤이에요!

가요 프로를 즐겨 보던 엄마 덕에 수없이 봐 온 장면이었다. 그런데 그날따라 의문이 들었다. 사랑이라는 말이 저렇게 흔하게 쓰여도 되는 걸까.

사랑을 얻기 위해 애쓰다 결국 죽음을 택한 사람들이 등장하는 괴테나 셰익스피어의 작품들을 떠올려 봤다. 사랑이 변했다는 이유로 상대에게 집착하거나 학대를 가한다는 뉴스도. 그리고 사랑한다는 말 한마디에 모든 것을 용서한 이들의 이야기도.

그러니까 내가 이해하는 한 사랑이라는 건, 어떤 극한의 개념이었다. 규정할 수 없는 무언가를 간신히 단어 안에 가둬 놓은 것. 그런데 그 단어가 너무 자주 쓰이고 있었다. 그저 기분이 좀 좋다거나 고맙다는 뜻으로 아무렇지 않게들 사랑을 입 밖에 냈다.

이런 얘길 곤이에게 털어놓자 곤이는 대수롭잖다는 듯 흥, 소리를 냈다.

—너 지금 나한테 사랑이 뭐냐고 묻는 거?

—개념을 정의 내려 달라는 게 아니고, 그냥 네 생각을 묻는 거야.

—내가 알 거 같냐. 나도 몰라. 그 점에선 너랑 나랑 비슷한

지도 모르겠네.

곤이가 낄낄대더니 눈을 치켜떴다. 표정이 금세 바뀌는 게 곤이의 특징이었다.

—아니다, 넌 할머니랑 엄마가 있었잖아. 그 여자들한테 사랑 많이 받았을 거 아냐. 왜 나한테 묻냐.

말투가 거칠어졌다. 곤이는 제 머리카락을 목 뒤에서부터 머리꼭지까지 몇 번 헝클어뜨렸다.

—사랑 따위 내가 알 게 뭐냐. 해 보고는 싶네. 이왕이면 남녀 간의 사랑.

곤이가 펜을 잡더니 뚜껑을 빠르게 열었다 닫았다 했다. 펜이 뚜껑 안으로 들어갔다 나왔다 하길 반복했다.

—그런 건 밤마다 하잖아, 너.

—이 새끼가 농담도 할 줄 아네. 많이 늘었다, 너? 그게 남녀 간의 사랑이냐. 혼자 하는 사랑이지.

곤이가 내 뒤통수를 가볍게 쳤다. 아프지는 않았다. 곤이가 내 얼굴 가까이 자기 얼굴을 들이밀었다.

—너, 남녀 간의 사랑이 뭔지 알기나 해?

—그 목적이 뭔지는 알아.

—그래? 뭔데?

곤이의 눈가에 웃음이 어렸다.

—번식을 위한 과정. 이기적인 유전자가 유도하는 본능적인…….

말을 채 맺기도 전에 곤이가 또 뒤통수에 꿀밤을 먹였다. 이번엔 좀 아팠다.

—무식한 새끼. 넌 말이야, 너무 많이 알아서 무식해. 자, 이제부터 형이 하는 말을 잘 들어라.

—생일은 내가 더 빠른데.

—짜식이 실없는 유머만 는다?

—유머 아닌데. 난 단지 사실을 말한 것…….

—닥쳐, 새끼야.

웃으면서 또 꿀밤 한 대. 이번엔 피해서 안 맞았다.

—어쭈? 제법인데?

—말하려던 거나 계속해 줄래.

크험, 곤이가 헛기침을 했다.

—난 사랑이 실없는 거라고 생각해. 그런데도 무슨 대단하고 영원한 것처럼 말하는 게 꼴같잖아. 난 그런 물렁한 거 말고 강한 게 좋아.

—강한 거?

—그래. 강한 거. 센 거. 상처받고 아파하는 거 말고 차라리 내가 상처 주는 쪽을 택하는 거. 철사 형처럼.

철사 형. 이미 몇 차례 들은 적이 있지만, 그 이름에 잘 익숙해지지가 않았다. 몸이 좀 움츠러들었다. 왠지 더 듣고 싶지 않은 얘기가 펼쳐질 것 같았다.

—그 형은 강해, 정말로. 난 그렇게 되고 싶어.

그렇게 말하는 곤이의 눈동자에 순간적으로 빛이 일었다.

어쨌든 곤이에게서 이런 종류의 답을 얻기란 힘들어 보였다. 그렇다고 심 박사에게 묻자니 어쩐지 밑도 끝도 없을 것 같았다.

언젠가 공을 들여 '愛'를 쓰고 있는 할멈에게 엄마가 물은 적이 있다.

—근데 엄마, 그거 무슨 뜻인지 알고나 쓰는 거야?

할멈이 도끼눈을 떴다.

—그럼!

그러더니 낮게 읊조렸다.

—사랑.

—그게 뭔데?

엄마가 짓궂게 물었다.

—예쁨의 발견.

愛의 윗부분을 쓴 할멈이 가운데 마음 심(心) 자를 써 내려가며 말을 이었다.

—이 점들이 우리 셋이다. 이 점은 내 거, 요건 너, 이건 재!

그렇게 해서 우리 가족을 나타내는 점이 세 개 박힌 愛가 완성됐다. 그때까진 예쁨을 발견한다는 게 무슨 뜻인지 몰랐다.

그런데 얼마 전부터 떠오르는 얼굴이 있기는 했다.

51

이도라. 내가 아는 이도라를 머릿속으로 그려 봤다. 달리는 모습이 떠올랐다. 한 마리의 가젤 내지는 얼룩말. 아니, 그것도 적합한 비유가 아니다. 걘 그냥 이도라였다. 달리는 이도라. 바닥에 놓이는 은테 안경. 공기를 휘저으며 단번에 쭉 나아가는 마른 팔과 다리. 안경알이 반사해 내는 빛. 궤적을 남기며 날리는 흙먼지. 질주가 끝나자마자 안경을 잡아 단숨에 코 위에 얹는 흰 손가락. 그게 내가 이도라에 대해 알고 있는 전부였다.

52

입학식 날, 강당에서 지루하게 식이 진행되는 동안 멀찍이 서 있던 나는 슬쩍 문을 열고 복도로 나왔다. 어디선가 무슨 소리가 들렸다. 고개를 돌려 보니 복도 끝에 여자아이가 하나 서 있다. 어깨까지 오는 머리를 귀 뒤로 넘기면서 발끝으로 바닥을 탁탁 찧는다. 주변에 아무도 없다고 생각했는지 스트레칭을 시작한다. 팔과 다리를 쭉 뻗어 몸을 푼다. 그러곤 제자리에서 콩콩콩 뛰더니, 복도를 맹렬하게 가로질러 달린다. 숨을 할딱거리며 달리던 그 애가 내 앞에 우뚝 멈춰 섰고, 우리의 눈이 마주쳤다. 적어도 5초쯤. 그 애가 도라였다.

광 없는 은회색 빛의 도톰한 안경테. 그 안의 동그란 안경알. 안경알은 얇고 흠집이 많아서 햇빛을 거의 그대로 반사해냈다. 그래서 표정이 잘 안 보였다. 도라는 조금 달랐다. 다른 애들처럼 시시콜콜한 일에 소란스럽게 반응하지 않았다. 차분하다 못해 가끔은 아주 늙은 여자 같았다. 단순히 그 애가 조숙했다거나 정신적으로 성숙했다는 말은 아니다. 걘 그냥 남들과 좀 달랐다.

4월 초까지 도라는 자주 수업에 빠졌다. 어쩌다 학교엘 나와도 보충 수업이나 야자는 하지 않고 바로 집에 갔다. 그래서 도라는 학기 초에 곤이와 나 사이에 일어난 소동도 볼 기회가 없었다. 사실 그 애는 주변에 별 관심이 없어 보였다. 언제나 구석 자리에 앉아 이어폰만 꽂고 있었다. 육상부가 있는 고등학교로 전학을 준비하고 있다고 들었다. 그렇지만 결국 전학을 가지 않았다. 그 뒤로 도라가 말하는 걸 거의 본 적이 없다. 수업 중엔 창밖의 운동장만 내다보았다. 우리에 갇힌 표범처럼.

딱 한 번 안경을 끼지 않은 도라를 본 적이 있었다. 봄 운동회 때였다. 도라는 반 대표로 200미터 경주에 나갔다. 작고 말랐기 때문에 척 봤을 때 운동을 잘할 것 같은 인상은 아니다. 하지만 어쨌거나 그 애는 출발선 앞에 서 있었고 그게 바로 내 앞이었다.

제자리에. 도라가 안경을 휙 벗어 놓고 땅을 짚는다. 준비. 그때 도라의 눈을 봤다. 살짝 올라간 눈꼬리. 숱 많은 속눈썹. 동공이 연갈색 빛을 뿜어낸다. 출발. 도라가 달린다. 가늘고 튼튼한 다리가 땅을 박차고 흙먼지를 피우며 멀어져 간다. 그 누구보다도 빨리. 바람 같은 움직임이다. 힘차고 가벼운 바람. 순식간에 한 바퀴를 돈 도라가 제자리로 돌아온다. 결승을 통과하고 나서 멈추기 직전 내 앞에 놓인 안경을 줍고 얼굴에 얹는다. 신비한 눈이 안경 뒤로 사라진다.

도라 주변엔 늘 친구들이 있었고 같이 급식을 먹는 무리도 있었다. 하지만 그 무리는 일정하지 않았다. 외톨이는 아니었지만 특별히 친한 친구가 있는 것도 아니었고, 누구와 집에 가건 누구랑 밥을 먹건 크게 신경 쓰지도 않는 것 같았다. 때로는 혼자 다녔다. 그러면서도 왕따를 당하거나 겉돌지 않았다. 그저 자기 스스로 존재하는 아이 같았다.

53

엄마가 눈을 떴다. 누워 지낸 지 아홉 달 만에. 병원에선 그렇게까지 희소식은 아니라고 했다. 말 그대로 눈꺼풀을 여닫는 것뿐이지 깨어난 게 아니라고, 소변 통에 소변이 차는 것과 비슷하다고 했다. 여전히 소변 줄을 꽂고 두어 시간마다 자세를 바꿔 줘야 했다. 그래도 잠에서 깨면 엄마는 천장을 보고 눈을 끔벅였다. 눈동자가 미세하게 움직이는 것 같기도 했다.

엄마는 어지러운 벽지 무늬 속에서도 별자리를 찾아내는 사람이었다. 저거 봐. 국자 모양이 꼭 북두칠성 같아. 카시오페이아도 있네. 저건 큰곰자리. 우리 작은곰자리도 찾아볼까. 별자리 운운할 바엔 물 떠 놓고 달님한테 빌어라! 할멈의 괄괄한 목소리가 들리는 것 같았다. 오래간만에 찾은 할멈의 납골묘 앞엔 잡초가 무성했다. 두 여자의 웃음소리를 떠올렸다. 왠지 멀리서 들려오는 것처럼 아득했다.

책방에 손님이 끊긴 지 꽤 됐다. 방과 후면 어김없이 카운터를 지켰지만, 매출은 이미 의미가 없었다. 심 박사의 호의로 계속 이렇게 살 순 없었다. 무엇보다 두 여자가 없는 책방은 무덤 같았다. 책의 무덤. 잊혀진 글자들의 무덤. 그때쯤 결심했던 것 같다. 이제 그만 이 공간을 접을 때가 된 것 같다고.

심 박사를 찾아가 책방을 정리하고, 짐을 줄여 단출한 고시원 방으로 옮기겠다고 했다. 심 박사는 오랫동안 말이 없었다. 하지만 이유를 묻는 대신 그는 고개를 끄덕였다.

도서부 담당 교사는 3학년 담임을 맡은 국어 선생님이었다. 내가 교무실에 갔을 때 선생님은 교감 앞에 머리를 조아리고 있었다. 담임을 맡은 반이 계속 모의고사 꼴등인데 어떡할 거냐고 교감이 채근했다. 얼굴이 붉어져 자리로 돌아온 선생님에게 나는 도서실에 책을 기증해도 되겠느냐고 물었다. 선생님은 건성으로 고개를 끄덕이며 그러라고 했다.

복도가 쥐 죽은 듯했다. 중간고사가 코앞이라 아이들도 야자 시간에 소란을 피우지 않았다. 아침 일찍 체육관 구석에 가져다 놓았던 책 상자를 들고 도서실로 향했다.

문은 쉽게 열렸다. 동시에 경쾌한 기합 소리가 귀를 때렸다. 핫핫핫핫. 서가 사이로 다가갔다. 여자아이의 옆모습이 보인다. 한 발은 앞에, 다른 발은 뒤에 놓은 채 발의 방향을 앞뒤로 바꾸며 제자리 뛰기를 하고 있다. 제자리 뛰기지만 앞뒤로 교차하는 보폭이 꽤 넓다. 코에 땀이 맺혀 있고 머리가 나풀거린다. 눈이 마주쳤다. 그 애다.

—안녕.

이럴 땐 먼저 말을 거는 게 예의다. 도라가 동작을 멈췄다.

—책 기증하려고.

묻지 않은 말을 하곤 박스를 열었다. 도라가 입을 뗐다.

—정리는 도서부원들이 하겠지. 거기 놔둬.

—넌 도서부 아니야?

—난 육상부.

—우리 학교에 육상부가 있었나?

—있어. 담당 교사도 없고 부원은 나뿐이지만.

—아.

열다 만 박스를 구석에 천천히 내려놓았다.

—근데 이 많은 책은 어디서 난 거야?

책방을 하고 있다고 말했다. 기증하려는 건 대부분 참고서였다. 참고서도 유행이 있어서 유명한 수험서가 아닌 이상 철이 지나면 쉽게 팔리지 않았다.

—근데 너 있잖아.

내가 물었다.

—왜 여기서 운동해? 체육관 놔두고.

도라는 뒷짐을 지고 걷다가 고개를 홱 돌렸다.

—체육관에서 하면 너무 티 나. 여기가 제일 조용해. 어차피 애들 잘 오지도 않잖아. 기초 체력을 잘 다져야 잘 달릴 수 있거든.

좋아하는 걸 말할 때 사람들은 미소를 지으며 눈을 빛낸다. 도라가 그랬다.

—달려서 뭐하려고?

의미를 담은 질문은 아니었다. 그런데도 도라의 눈빛이 확 꺼졌다.

—너 방금 내가 제일 싫어하는 질문 한 거 알아? 그런 말은 엄마 아빠한테 듣는 걸로 족해.

—미안. 비난한 게 아니고 목적을 물은 거야. 네가 달리려는 목적.

도라가 흠, 하고 한숨을 쉬었다.

—나한테 그건 있지, 살아서 뭐하려고, 하는 질문이랑 비슷해. 넌 무슨 목적이 있어서 살아? 솔직히 그냥 살잖아. 살다가 좋은 일 있으면 웃고 나쁜 일 있으면 울고. 달리기도 마찬가지야. 1등 하면 좋고 아니면 아쉽겠지. 실력 없으면 자책하고 후회도 하겠지. 그래도 그냥 달리는 거야. 그냥! 사는 거처럼, 그냥!

처음엔 안 그러더니 끝날 땐 목소리가 높아져 있다. 나는 고개를 끄덕였다. 진정하라는 의미로.

—부모님도 그 말에 설득됐어?

—아니. 비웃지 뭐. 뛰어서 뭐하냐고. 어차피 어른 되면 신호등 바뀌기 전에 뛰는 거 말곤 평생 달릴 일 없다고. 웃기지 않아? 우사인 볼트도 아닌데, 달려서 뭐하냐는 거야.

도라의 입가가 축 처졌다.

—그럼 부모님은 네가 뭘 하길 바라시는데?

—몰라. 전엔 그렇게 운동이 하고 싶으면 그나마 돈이 되는 골프를 하래. 그러더니 이젠 그런 것도 없어. 그냥 어디 가서 부끄러운 자식만 되지 말래. 자기네들 맘대로 낳아 놓고 왜 자기들이 정한 미션을 내가 수행해야 되는데? 후회할 거라고 자꾸 협박하는데 후회를 해도 내가 하는 거잖아. 이름대로 가는 수밖에. 이름을 이도라라고 지어 놨으니까 또라이 돼야지, 뭐.

실컷 쏟아 내고 나니 기분이 풀렸는지 도라가 방긋 웃었다. 도서실에서 나오기 전에 도라가 책방이 어디 있느냐고 물었다. 위치를 알려 주며 왜 묻느냐고 물었다.

—여기서 못 하게 하면 거기 가서 운동하려고.

도라가 말했다.

54

내 모의고사 성적은 늘 중간이었다. 수학이 제일 할 만했고 과탐, 사탐도 어느 정도는 나왔다. 문제는 국어와 영어 같은 언어 영역이었다. 뭔 속뜻이 그렇게 많고 의미는 그렇게도 다양한지. 글쓴이의 의도는 왜 그렇게 꽁꽁 숨은 건지. 내가 예상한 행간의 의미는 늘 틀렸다.

어쩌면 언어를 이해한다는 건 상대의 표정이나 감정을 알아채는 것과 비슷한지도 몰랐다. 편도체가 작으면 대개 지능이 떨어진다고 하는 것도 그런 이유에서다. 기본적인 맥락을 이해하기 어려우니 추리력도 떨어지고 지능도 낮아지는 거다. 국어 성적표에 적힌 숫자는 쉽게 받아들여지지 않았다. 내가 제일 잘하고 싶은 걸 가장 못하고 있었으니까.

책방 정리는 더뎠다. 할 일이라곤 책을 처분하는 것뿐이었지만 작업이 만만찮았다. 책을 한 권씩 꺼내 하나하나 사진을 찍었다. 중고 사이트에 올리려면 상태 파악이 중요했다. 책방에 이렇게 많은 책이 있는 줄은 미처 몰랐다. 칸칸이 꽂혀 있던

이 많은 생각들, 이야기들, 연구들. 한 번도 만나본 적 없는 숱한 저자들을 떠올렸다. 갑자기 그들이 나와는 너무도 멀리 있는 사람들이라는 생각이 들었다. 처음 해 보는 생각이었다. 그전까진 그들과 가깝다고 생각했다. 비누나 수건처럼, 손만 뻗으면 잡을 수 있었으니까. 그런데 아니었다. 그들은 나와는 전혀 다른 세계에 있었다. 어쩌면 영원히 닿을 수 없을 곳에.

—안녕.

어깨 너머로 목소리가 들렸다. 찬물이라도 맞은 듯, 안녕 한마디에 심장이 서늘해졌다. 도라였다.

—한번 와 봤어. 그래도 되지?

—아마 그럴걸. 이미 그랬고.

내가 답했다.

—손님이 주인한테 와도 되냐고 묻는 경우는 별로 없으니까. 인기가 많아서 예약을 해야 하는 식당이라면 몰라도, 보다시피 여긴 그런 데는 아니니까.

말해 놓고 보니 인기 없는 가게라고 자백한 것 같아 실수인가 싶었다. 도라는 뭐가 우스운지 까르르 웃었다. 수백 개의 작은 얼음 조각이 바닥에 흩어지는 것 같은 웃음이다. 아직도 입가에 미소를 남겨 놓은 도라가 책들을 하릴없이 뒤적였다.

—근데 가게 문 연 지 얼마 안 된 거야? 책들이 아직 정리가 안 됐네?

—폐업 준비 중이야. 폐업에 준비라는 말을 쓰니까 좀 그렇

지만.

—아쉽. 단골 될 기회 잃었네.

처음에 도라는 말을 많이 하지는 않았다. 그 대신 다른 걸 했다. 예를 들면 말하고 나서 볼을 불룩하게 만들고 푸, 소리를 내며 한 번에 숨을 토하는 거라든지, 운동화 앞코로 바닥을 콩콩콩, 세 번 찧는 것 따위. 그러다 때가 됐는지 운을 뗐다.

—너, 아무것도 못 느낀다는 게 사실이야?

전에 곤이가 했던 것과 같은 질문이다.

—꼭 그런 건 아니지만 일반적인 기준에선, 아마도.

—신기하다. 그런 건 ARS로 성금 모으는 다큐에나 등장하는 줄 알았는데. 아, 이렇게 말해서 미안.

—아니, 상관없어.

도라가 짧게 숨을 끊어 쉬었다.

—있지, 네가 저번에 나보고 왜 달리느냐고 물었잖아. 그때 내가 화낸 거, 좀 미안해서. 그 말 하려고 왔어. 사실 부모님 말고 나한테 왜 달리려는 건지 물어본 사람은 네가 처음이라.

—아.

—그래서 말인데, 나도 그냥 순수하게 궁금해서 질문 하나. 그럼 넌 커서 뭐가 되고 싶어?

한참 동안 대답하지 못했다. 내 기억이 맞다면 그런 질문을 받아 보는 게 처음이었다. 그래서 곧이곧대로 답했다.

—모르겠어. 아무도 나한테 그런 걸 물어본 적이 없거든.

—그게 꼭 누가 물어야 아는 거야? 너 혼자 생각해 본 적 없어?

—나한텐 어려운 질문이라.

내가 머뭇거렸다. 하지만 도라는 나한테 설명을 더 요구하는 대신 거기서 교집합을 발견해 냈다.

—나도 비슷해. 지금은 꿈이 증발한 상태. 육상은 부모님이 하도 반대하셔서……. 울적한 공통점이네.

도라가 무릎을 구부렸다 폈다 했다. 뛰고 싶어 몸이 근질거리는지 틈만 나면 몸을 움직였다. 교복 치마가 가볍게 나풀거렸다. 시선을 거두고 다시 정리를 시작했다.

—되게 소중하게 다루네. 책 좋아하나 보다?

—응. 곧 헤어질 거라 인사하는 거야.

볼 풍선을 만들고 있던 도라가 또 푸, 하는 소릴 냈다.

—난 책 같은 건 별로. 글자는 재미없어. 제자리에 박혀 있기만 하잖아. 난 움직이는 게 좋아.

도라가 손가락으로 서가의 책들을 빠르게 훑었다. 투두둑. 빗소리 같은 게 났다.

—그래도 헌책은 좀 낫네. 종이 냄새도 더 생생해. 낙엽 냄새 같기도 하고.

도라가 또 제풀에 배시시 웃는다. 그러곤,

—간다.

답할 틈도 없이 사라졌다.

55

햇살이 긴 오후, 하굣길이었다. 공기는 차가웠고 해는 아주 멀리서 지구를 내려다봤다. 내 착각인지도 몰랐다. 어쩌면 쨍쨍 내리쬐는 땡볕에 견딜 수 없는 무더위였는지도 모른다. 학교에서 나와 회색빛 담벼락을 따라 커브를 돌 때였다. 한 줄기 바람이 불었다. 어디서 불어왔는지 몹시 강한 바람이었다. 나뭇가지가 사정없이 흔들렸고 나뭇잎들이 빠르게 진동했다.

내 귀가 잘못된 게 아니라면, 그건 나무가 바람에 흔들리는 소리가 아니었다. 파도 소리였다. 순식간에 바닥에 온갖 색깔의 나뭇잎들이 흩어져 있었다. 아직 여름의 끝자락인데, 분명히 하늘에선 태양이 빛나고 있는데 어쩐 일인지 시야엔 온통 낙엽들뿐이었다. 주황색, 노란색 잎들이 하늘을 향해 손을 오므린 채 쏟아져 있었다.

저 멀리 도라가 서 있다. 강한 바람에 머리칼이 왼쪽으로 높이 쏠렸다. 길고 윤이 나고 하나하나가 굵은 실처럼 두꺼운 머리칼이다. 그 애의 걸음이 느려졌고 나는 속도를 줄이지 않았기 때문에 우리의 간격은 점점 좁아졌다. 몇 마디 말을 섞은 적은 있어도 이렇게까지 가까이 보는 건 처음이었다. 하얀 얼굴에 주근깨가 몇 개 박혀 있고 바람을 피하느라 얇게 뜬 눈엔 속 쌍꺼풀이 져 있다. 그 눈이 나와 마주치자 놀라듯 조금 커졌다.

갑자기, 바람이 목적지를 바꾸었다. 도라의 머리칼이 천천히 방향을 바꿔 반대쪽으로 휘날리기 시작했다. 그 애의 냄새를 실은 바람이 내 코 안으로 들어왔다. 처음 맡아 보는 냄새였다. 낙엽 냄새 같기도 하고 봄날 새순의 냄새 같기도 했다. 모든 반대되는 것들이 한꺼번에 떠오르는 냄새였다. 나는 계속 앞으로 나아갔다. 이제 우리는 서로의 코 앞에 있었다. 그 애의 머리칼이 내 얼굴을 때렸다. 아. 내가 짧게 신음했다. 따가웠다. 갑자기 가슴속에 무거운 돌덩이가 하나 내려앉았다. 무겁고 기분 나쁜 돌덩이가.

—미안.

도라가 말했고,

—아니.

내가 대답했다. 가슴에 걸린 말이 쇳소리로 나왔다. 바람이 나를 강하게 떠밀었다. 나는 바람에 저항하기 위해 조금 전보다 속도를 내 걷기 시작했다.

그날 밤 잠을 이루지 못했다. 환영 같은 영상들이 머릿속에 한없이 반복 재생됐다. 출렁이던 나무들, 색색의 이파리들, 그리고 바람에 몸을 맡긴 채 서 있던 도라.

벌떡 일어나 괜히 서가 사이를 걷고 국어사전을 뒤졌다. 하지만 내가 찾고자 하는 단어가 뭔지 알 수 없었다. 몸이 더웠다. 맥박이 귀밑에서 팔딱거렸다. 손끝에서도 발가락 끝에서도. 작은 벌레들이 몸을 기어 다니는 것처럼 간질간질했다. 별로 상쾌한 느낌은 아니었다. 머리가 아팠고 어지러웠다. 그런데도 그 순간을 자꾸만 떠올렸다. 도라의 머리카락이 내 얼굴에 닿던 순간. 그 감촉과 냄새와 공기의 온도를. 새벽녘이 되고 하늘이 푸르스름해진 뒤에야 겨우 잠들었다.

56

아침이 되자 열은 내렸다. 그 대신 낯선 증상이 찾아왔다. 학교에 가자 누군가의 뒤꼭지가 빛나고 있었다. 도라였다. 얼굴을 돌렸다. 종일 가시가 박힌 것처럼 가슴이 따가웠다.

해가 질 무렵 곤이 녀석이 가게로 찾아왔다. 왠지 입이 잘 떨어지지 않았고 곤이의 얘기에도 귀가 잘 기울여지지 않았다.

—뭔 일 있냐, 너? 얼굴이 좀 안 좋다?

—아파.

—어디가.

—모르겠어, 전부 다.

곤이가 뭔가를 먹으러 가자고 했지만 거절했다. 곤이는 입맛을 다시더니 사라졌다. 찌뿌둥한 몸을 이리 틀고 저리 틀었다. 어디가 불편한 건지 잘 알 수가 없었다. 가게에서 나오자마자 심 박사와 얼굴이 마주쳤다.

—저녁 먹었니?

그가 물었고 나는 고개를 저었다. 벌써 밤이 가까운 시간이었다.

이번엔 메밀국수였다. 청소년기에 먹기엔 칼로리가 너무 낮다며 심 박사는 왕새우튀김도 시켜 주었지만 손대지 않았다. 그가 천천히 면을 우물거리는 동안 나는 내 몸이 겪고 있는 이상한 증상들을 털어놓았다. 말이 헛돌아서 짧은 말인데도 평소보다 시간이 배나 걸렸다.

—감기 증상인 거 같아서 약은 먹었어요.

간신히 말을 마쳤다. 심 박사가 안경을 고쳐 썼다. 박사의 눈은 달달 떨고 있는 내 다리로 가 있었다.

—자, 이제 조금 더 자세한 이야기를 해 볼까?

—지금보다 더 자세하게요? 어떻게요?

내가 되묻자 박사는 빙그레 웃었다.

—글쎄. 단지, 네가 정확한 표현을 몰라서 말을 안 한 게 있을지도 모른다는 생각이 든 것뿐이야. 그러니까 조금 더 차근차근 얘기해 주겠니. 언제부터 그런 증상들이 나타나기 시작했는지, 이를테면 무슨 계기나 출발점 같은 게 있었는지 말이야.

눈을 가늘게 뜨고 시작점을 돌이켰다.

—바람요.

—바람?

박사는 나를 따라 하는 것이 역력한 표정으로 실눈을 떴다.

—좀 설명하기 힘든데, 그래도 들어 주시겠어요?

—물론이지.

심호흡을 한 번 했다. 그러곤 어제 있었던 일을 최대한 자세히 말하려 애썼다. 막상 말로 하려니 참 건조한 얘기였다. 바람이 불었는데 나뭇잎이 떨어졌고, 도라의 머리카락이 바람결에 내 뺨을 때렸고, 그 순간 가슴이 콱 막히듯 답답해지더라……. 이렇다 할 줄거리도 맥락도 없는, 잡담 축에도 끼지 못할 얘기였다. 하지만 내가 말하는 동안 심 박사의 얼굴은 점점 더 부드러워지더니 이윽고 이야기가 끝날 때쯤엔 커다란 미소가 떠올라 있었다. 그가 내게 손을 내밀었다. 얼결에 손을 맞잡자 박사는 손을 위아래로 두어 번 흔들었다.

—축하한다. 너는 자라고 있어. 무척 반가운 소식이네.

여전히 웃음을 띤 채 그가 말을 이었다

—올해 초보다 얼마나 컸니?

—9센티요.

—그것 봐라. 무서운 속도지. 몸이 자라니 머릿속도 자라는 거야. 내 생각엔 네 머릿속의 지형도가 꽤 변했을 거 같은데. 내가 신경외과 의사였다면 지금쯤 MRI를 찍어서 확인해 보자고 했을 거다.

고개를 저었다. MRI를 찍는 건 별로 유쾌한 경험은 아니었다.

—아직은 생각 없어요. 이왕 한다면 편도체가 좀 더 부풀어 오를 때까지 기다려 봐야죠. 그리고 사실 이게 축하할 일인지

도 잘 모르겠어요. 불편하기도 하고 잠도 잘 못 잤고요.

—원래 이성에 대한 관심이 그런 거야.

—제가 그 앨 좋아하는 걸까요?

말을 맺자마자 아차 싶었다. 심 박사는 미소를 거두지 않은 채 답했다.

—글쎄. 그건 네 마음만이 알겠지.

—마음이 아니라 머리겠죠. 뭐든 머리의 지시를 따르는 것뿐이니까요.

—그렇다고 하더라도 우린 마음이라고 얘기한단다.

심 박사의 말마따나 나는 조금씩 달라지고 있었다. 궁금한 게 많아졌고, 그럼에도 불구하고 이상하게 전처럼 박사에게 나의 호기심을 일일이 알리고 싶지 않았다. 입에서는 말이 헛돌았고 단순한 질문도 뱅뱅 꼬여 나왔다. 종이에 의미 없는 낙서를 하기 시작했다. 그렇게 하면 머릿속이 정리될까 싶어서였지만, 왜인지 문장이 아닌 단어만 반복해 적고 있었다. 그 단어들이 무엇인지 깨달을 때면 종이를 구기거나 자리에서 벌떡 일어나곤 했다.

귀찮은 증상도 계속됐다. 아니, 시간이 지나면 지날수록 심해지는 것 같았다. 도라를 볼 때면 관자놀이가 지끈거렸고, 멀리서도, 여러 사람의 틈에서도 그 애의 목소리가 새어 나오면 귀가 곤두섰다. 나도 모르게 내 생각을 앞질러 버린 몸이 여름에 입은 봄 외투처럼 불필요하고 성가시게 느껴졌다. 할 수만 있다면 벗어 버리고 싶을 만큼.

57

도라는 자주 놀러 왔다. 오는 시간은 일정치 않았다. 주말에 갑자기 들르기도 했고 평일 밤에 오기도 했다. 도라가 올 때가 되면 등줄기가 욱신거렸다. 지진을 미리 느끼는 동물처럼, 폭풍우가 치기 전 땅 밖으로 기어 나오는 벌레처럼.

몸이 근질거려 문밖으로 나갔다 하면 어김없이 지평선 끝에서부터 그 애의 머리꼭지가 높아지고 있었다. 그러면 나는 불길한 거라도 본 양 급히 가게로 돌아와서 아무렇지 않은 척, 하던 일들을 했다.

책 정리를 도와주겠다면서도 도라는 제 맘에 드는 책을 발견하면 한참이고 앉아서 같은 페이지만 들여다봤다. 자연도감이라든지 곤충, 동물도감 따위에 관심이 많았다. 그 애는 어디에서건 아름다움을 발견했다. 거북이의 등딱지에서도, 황새의 알이나 가을 늪지대의 갈대에서도 대칭과 자연의 놀라운 손길을 찾아냈다. 도라는 아름답다는 말을 참 자주 했다. 나는 그 단어를 이해할 수는 있었지만 그 찬란함까지 생생히 느낄 수는 없었다.

가을이 무르익어 가고, 책방의 책이 다 정리될 때까지 도라와 나는 우주에 대해, 꽃과 자연에 대해 얘기했다. 우주의 크기, 벌레를 녹여 먹는 꽃, 거꾸로 누워 헤엄치는 물고기에 대해.

—그거 알아? 우린 공룡이 크다고만 생각하지만 사실 콘트라베이스만 한 공룡도 있었대. 콤프소그나투스. 귀여웠겠다.

도라의 무릎 위에 알록달록한 그림책이 펼쳐져 있었다.

—내가 보던 거야. 어렸을 때 엄마가 읽어 주던 책.

—이 책을 읽어 주던 엄마가 기억나?

고개를 끄덕였다. 욕조만 한 힙실로포돈, 강아지만 한 미크로케라톱스, 50센티쯤 되는 미크로파키케팔로사우루스, 그리고 작은 곰돌이 인형만 한 무스사우루스. 그 길고 이상한 이름들이 다 기억났다. 도라의 입이 조금 올라갔다.

—엄마한테 자주 가니?

—응, 매일.

도라가 잠깐 망설였다.

—나도 같이 가도 돼?

—응.

생각해 보기도 전에 대답이 먼저 나와 버렸다.

엄마의 병실 창틀에 작은 공룡 인형이 놓였다. 오는 길에

도라가 산 거였다. 누군가와 함께 엄마 병실에 오는 건 처음이었다. 때때로 심 박사가 들른다는 건 알고 있었지만, 그도 나도 같이 가자고 얘기를 나눈 적은 없다. 도라는 미소를 띤 얼굴로 엄마를 굽어보더니 엄마의 손을 조심히 잡고 쓰다듬었다.

—안녕하세요. 저는 윤재 친구 도라라고 해요. 참 예쁘세요. 윤재, 학교도 잘 다니고 건강해요. 꼭 그 모습을 보셔야 해요. 얼른 일어나실 거예요.

미소가 살짝 걷힌 얼굴로 도라가 물러섰다. 그러곤 속삭였다.

—이제 너도 해.

—뭘?

—내가 한 거.

—엄만 어차피 소릴 못 들어.

목소릴 낮춘 도라와 달리 나는 평상시와 다름없는 소리로 얘기했다.

—이상한 거 아니야. 그냥 인사드리는 건데, 뭐.

도라가 나를 가볍게 밀었다.

천천히 엄마한테 다가갔다. 지난 몇 달간 보던 모습 그대로였다. 한 번도 해 보지 않아서 입이 잘 떨어지지 않았다.

—나갈까? 너 혼자 있을래?

—아니.

—내가 너무 강요한 거면…….

그 순간 내 입에서 엄마,라는 단어가 튀어나왔다. 나는 조용히 엄마에게 그동안의 이야기들을 들려주었다. 그러고 보니 하지 않은 얘기가 너무 많았다. 당연하다. 아무런 말도 해 본 적이 없었으니까. 천천히 말했다. 할멈이 세상을 떠나고 나 혼자 남았다고. 고등학교를 다니고 있다고. 겨울, 봄, 여름이 지나고 벌써 가을이라고. 버텨 보았지만 결국 책방을 정리하게 됐노라고. 그래도 미안하다는 말은 하지 않겠다고.

말을 마치고 뒤로 물러섰다. 도라가 나를 향해 웃었다. 엄마는 여전히 천장의 별자리만 보고 있었다. 그렇지만 막상 엄마한테 말을 해 보니 그렇게까지 의미 없는 일은 아닌 것 같았다. 심 박사가 죽은 아내를 생각하며 빵을 굽는 게 이것과 비슷한지도 모르겠다는 생각이 들었다.

58

도라와 가까워질수록 이상하게 곤이 녀석에게 비밀이 생기는 것 같았다. 우연인지 두 사람이 같은 시간에 방문한 적도 없었다. 곤이는 뭘 하느라 바쁜지 전보다 발길이 부쩍 뜸해졌다. 그런 와중에도 찾아올 때면 매번 코를 킁킁댔다.

—수상한 냄새가 난다, 너.

—무슨 냄새?

—알 수 없는 냄새.

그러면서 쏘아본다.

—나한테 감추는 거 있냐.

—글쎄.

곤이가 더 캐물었다면 나는 도라에 대해서 얘기했을 거다. 하지만 곤이는 웬일인지, 그러면 됐다며 그만두었다.

그즈음 곤이는 다른 학교 애들과 어울리기 시작했다. 거칠기로 유명한 애들이었는데 곤이의 소년원 동기나 선배 몇몇도 그 안에 있었다. 그중에서 찐빵이라는 애가 유명했다. 나도 하꽃길에 곤이와 얘기하는 찐빵을 본 적이 있다. 찐빵은 별명과 달리 대나무를 연상시켰다. 키는 대나무처럼 컸고 몸은 꼬챙이처럼 마른 데다 팔과 다리도 가지처럼 앙상했다. 그런데 그 가지 끝에 달린 손과 발이 찐빵처럼 두툼했다. 마치 나뭇가지로 만든 인형의 사지에 밀가루 반죽을 크게 뭉쳐 붙여 놓은 것 같았다. 그런데 정작 찐빵이라는 별명이 붙은 이유는 딴 데 있었다. 그 커다란 주먹과 발로 맘에 안 드는 사람의 얼굴을 찐빵같이 만들어 놓는다고 했다.

—걔네랑 놀면 재밌어. 말도 통하고. 왠지 알아? 최소한 나한테 꼬리표를 붙이고 넌 이런 애니까 이렇게 해야 한다는 말 같은 건 안 하니까.

곤이는 찐빵 무리한테 들은 얘기들을 재미나다며 내게 전했지만 내 귀에는 전혀 재미있거나 즐거운 얘기로 들리지 않았다. 그럼에도 곤이 녀석은 혼자 요란하게 웃어 대며 잡담을 늘어놨다. 묵묵히 들어 주는 것. 내가 할 수 있는 건 그것뿐이었다.

학교에서는 곤이를 주시했다. 여전히 학부모들에게서 전화가 자주 걸려 왔고 한 번만 더 빌미가 잡히면 곤이는 또다시 전학을 가야 할지도 몰랐다. 곤이는 문제를 일으키는 대신 수업 시간 내내 엎드려 잠만 잤지만, 그 애에 대한 평가는 점점 나빠졌다. 아이들이 곤이를 욕하는 소리가 심심찮게 들렸다.

—차라리 더 나쁜 짓을 저질러 버릴까? 어쩌면 다들 그것

만 기다리고 있는지도 모르잖아.

껌을 질겅질겅 씹으며 아무렇지 않은 척 곤이가 말했다. 그땐 그냥 곤이가 하는 많은 말들 중 하나인 줄 알았다. 하지만 괜한 말이 아니었다. 2학기 중반이 되면서 곤이는 달라졌다. 자기 자신을 나락으로 빠뜨리기 위해 최선을 다하는 듯했다. 연초에 그랬던 것처럼 눈이 마주치는 아이라면 무조건 욕을 쏟기 시작했다. 수업 시간에는 다리를 꼰 채 삐딱하게 앉거나 대놓고 딴짓을 했다. 선생님이 지적하면 치켜뜬 눈으로 응대하며 어쩔 수 없어서라는 듯 건성으로 자세를 고쳤고 결국 선생님들도 평화로운 수업을 위해 더는 뭐라고 하지 않았다.

곤이의 그런 행동들을 볼 때마다 도라의 머리카락이 내게 닿았을 때처럼 문득 가슴에 돌덩이가 앉곤 했다. 그때보다 더 무겁고 정체를 알 수 없는 돌덩이가.

59

11월 초. 비가 한차례 오고 계절은 완전히 늦가을로 들어섰다. 책방 정리가 거의 마무리되어 가고 있었다. 팔 만한 책은 모두 팔았고 남은 건 폐기하면 된다. 머잖아 이곳을 떠난다. 새로 지낼 고시원도 알아봤고 이사 전까지 얼마간은 심 박사와 함께 지내기로 했다. 텅 빈 서가를 바라보니 무언가가 일단락되는 것 같았다.

불을 끄고 책 냄새를 깊게 들이마셨다. 내겐 풍경처럼 익숙한 냄새였다. 그런데 거기 무언가 다른 게 실려 있었다. 갑자기 마음속에 탁, 하고 작은 불씨가 켜졌다. 행간을 알고 싶었다. 작가들이 써 놓은 글의 의미를 정말 알 수 있는 사람이고 싶었다. 더 많은 사람을 알고 깊은 얘기를 나누고 인간이 무엇인지 알고 싶었다.

누군가가 가게로 들어왔다. 도라였다. 인사를 건네지도 않았다. 잊어버리기 전에 빨리 말하고 싶었다. 마음에 떠오른 불씨가 꺼지기 전에.

—나 언젠간 글을 쓸 수 있을까. 나에 대해서.

도라의 눈망울이 뺨을 간질였다.

—나도 이해 못 하는 나를, 남들에게 이해시킬 수 있을까.

—이해.

도라가 작게 말하며 몸을 틀었다. 갑자기 그 애는 내 턱 밑에 있었다. 숨결이 목덜미에 닿았고 그러자 심장이 고동쳤다.

—너, 심장이 빨리 뛴다.

도라가 속삭인다. 도톰한 입술에서 나온 음절들이 하나씩 턱 끝에 닿아 간지러웠다. 나도 모르게 숨을 깊게 들이쉬었다. 그 애가 뱉어 낸 호흡이 내 몸 안으로 빨려 들어왔다.

—너 지금 왜 심박 수가 높아진 건지 알아?

—아니.

—내가 너한테 가까이 다가가니까 심장이 기뻐서 박수 치는 거야.

—아.

눈이 마주쳤다. 둘 다 시선을 피하지 않았다. 도라는 눈을 뜬 채 천천히 얼굴을 내밀었다. 생각할 틈도 없이 입술이 포개졌다. 쿠션이 닿는 것 같았다. 보드랍고 촉촉한 입이 내 입술을 지그시 눌렀다. 그 상태로 우리는 세 번 숨을 쉬었다. 가슴이 올라갔다 내려가고, 올라갔다 내려가고, 다시 올라갔다가 내려갔다. 그리고 우리는 동시에 고개를 내린다. 입술이 떨어지고 이마가 붙었다.

—나 방금 네가 어떤 앤지 조금 이해하게 됐어.

그 애가 바닥을 본 채로 말했다. 나도 바닥을 보고 있다. 도라의 운동화 끈이 풀려 있다. 그 끝이 내 신발 밑으로 들어가 있다.

—넌, 착해. 그리고 평범해. 근데 특별해. 그게 내가 널 이해하는 방식이야.

도라가 고갤 들었다. 볼이 빨갛다.

—이 정도면.

도라가 중얼거렸다.

—이제 나도 네 얘기에 등장할 자격이 생긴 건가.

—어쩌면.

—시원찮은 대답이네.

도라가 웃었다. 그러곤 폴짝폴짝 뛰어 문밖으로 사라졌다.

무릎에 힘이 풀려 천천히 주저앉았다. 생각이 사라진 머리에 맥이 뛰었다. 몸 전체가 북이 된 것처럼 울렸다. 그만해. 그만. 그렇게까지 안 해도 살아 있다는 거 알고 있으니까. 할 수만 있다면 그렇게 타이르고 싶었다. 고개를 몇 차례 흔들었다. 살아가면 갈수록 모를 일이 너무 많았다. 그때였다. 이상한 기운에 고개를 들었다. 창문 밖에 곤이가 서 있었다. 몇 초간 곤이와 나는 서로를 바라보고만 있었다. 곤이의 얼굴에 옅은 미소가 실렸다. 그 애가 몸을 돌려 천천히 시야에서 멀어졌다.

60

수학여행 행선지는 제주도였다. 가기 싫어한 애들도 있었지만 단순히 가기 싫다는 것만으로는 불참 사유가 되지 못했다. 전교에서 수학여행을 가지 않은 건 나를 포함해 세 명뿐이었다. 둘은 경시대회 출전 때문에, 나는 엄마를 혼자 둘 수 없었기 때문에 받아들여졌다.

조용한 학교에 나가 종일 책을 읽었다. 기간제 과학 선생님이 형식적으로 출석 체크를 했다. 그렇게 사흘이 흘렀고 아이들이 돌아왔다. 어쩐지 어수선한 분위기였다.

여행의 마지막 날 일이 벌어졌다. 돌아오기 전날 밤 아이들이 잠든 사이에, 간식을 사려고 따로 걷어 둔 회비가 몽땅 사라졌다. 소지품 검사가 있었고 회비 봉투는 곤이의 가방에서 발견됐다. 반밖에 남지 않은 액수였다. 곤이는 자기가 한 짓이 아니라고 했다. 사실 곤이에겐 알리바이가 있었다. 그날 밤 숙소를 몰래 빠져나가 제주 시내를 활보하다 아침에야 돌아왔으니까. 피시방 주인도 증인이었다. 곤이는 피시방에서 캔 맥주를 훌쩍이며 밤이 새도록 혼자서 게임을 했다.

그런데도 여하튼 다들 곤이가 한 거라고 입을 모았다. 누구를 시켜서 훔쳤건 다 같이 미리 짰건, 곤이의 짓이었다. 모두 그렇게 얘기했다.

그러건 말건 수학여행에서 돌아온 곤이는 엎어져 잠만 잤다. 오후가 되자 윤 교수가 학교로 왔다. 돈을 갚았단다. 아이들은 종일 휴대폰에 코를 박고 서로 메시지를 보냈다. 카카오톡 알림음이 쉴 새 없이 울렸다. 무슨 말들을 하는지 보지 않아도 뻔했다.

61

며칠 뒤 4교시 국어 시간에 사건이 터졌다. 잠에서 깬 곤이가 부스스 일어나 교실 맨 뒤로 갔다. 선생님은 곤이를 무시하고 수업을 진행했다. 그런데 갑자기 짝짝 껌 씹는 소리가 들려오기 시작했다. 곤이였다.

—뱉어라.

정년을 눈앞에 둔 국어 선생님이었다. 곤이는 대답하지 않았다. 정적 속에 껌 씹는 소리만 날카롭게 공기를 가르고 있었다.

—뱉든지, 아니면 나가.

말이 끝나기도 전에 퉤, 소리가 났다. 껌이 포물선을 그리며 누군가의 발치에 떨어졌다. 선생님이 책을 탁, 소리 나게 덮었다.

—따라와.

—싫은데요.

곤이는 벽에 등을 기대며 두 손을 머리 위에 올렸다.

—그래 봤자 당신이 나한테 할 수 있는 게 뭔데. 고작해야 교무실로 불러서 협박하거나 아빠라는 새끼한테 전화 걸어서 학교로 찾아오게 하는 게 전부 아니야? 때리고 싶으면 때려, 욕하고 싶으면 욕하고. 참지 마시라고요. 왜 다들 이렇게 솔직하지가 못하냐고, 씨발.

국어 선생님의 표정엔 변화가 없었다. 몇십 년간의 교사 생활에서 터득한 기술인 듯 그는 미동도 않고 곤이를 몇 초간 응시하더니 그대로 교실 바깥으로 나가 버렸다. 남아 있는 아이들 사이에 파란이 일었다. 각자 고개를 숙인 채 앞에 놓인 책만 바라보는, 소리 없는 파란이었다.

—돈 벌고 싶은 새끼 있음 나와 봐.

곤이가 실실 웃음을 흘리며 모두에게 말했다.

—몇 대 맞고 돈 벌고 싶은 새끼 없어? 아 뭐, 등급에 따라 값은 달라진다. 죽탱이 한 방에 기본 10. 피 나면 50 추가. 뼈 부러지면 200. 나올 새끼 없냐고.

교실 안은 곤이의 숨소리로 가득했다.

—매점 갈 돈 몇 푼에 벌벌 기는 새끼들이 왜 다들 점잔 빼고 앉았냐? 어? 그렇게 용기들이 없어 갖고 이 험한 세상 어떻게 살려고. 이 병신 머저리 개씹새끼들아.

온 힘을 다 실은 마지막 말이 복도 끝까지 울려 퍼졌다. 곤이의 몸이 바들바들 떨리고 있었다. 의미를 모를 웃음을 머금은 입이 빠르게 실룩거렸다. 솔직히 말하면 울 것 같은 표정이었다.

—그만해.

내가 말했다. 곤이의 눈이 쨍, 하고 빛났다.

—그만하라고?

곤이가 천천히 몸을 일으켰다.

—그만두고 뭐 할까? 죄송하다고 허리 굽히면서 반성문 쓸까? 네발로 기면서 제발 용서해 달라고 빌기라도 해? 어디 네가 한번 얘기해 줄래. 내가, 뭘, 할 수 있겠냐고, 이 병신 새끼야.

나는 답할 수가 없었다. 곤이가 눈에 보이는 대로 물건들을 집어 던지고 있었기 때문이다. 여기저기서 여자아이들의 꺄악, 하는 소리와 남자아이들의 어어어, 하는 소리가 음역대를 나눈 합창처럼 귀를 찔렀다. 그토록 짧은 시간에 어떻게 그렇게까지 만들어 버릴 수 있나 싶을 정도로 교실 안은 난장판이 되어 있었다. 책상이며 의자들이 바닥을 향해 고꾸라졌고 벽에 붙은 액자와 시간표가 기울었다. 교실을 통째로 붙잡고 한바탕 흔들어 놓은 것 같았다. 아이들은 꼼짝도 못 한 채 지진이라도 난 것처럼 벽에 찰싹 붙었다. 그때 어디선가 중얼거리는 소리가 들렸다. 분명 중얼거림이었는데도 고함처럼 귀에 꽂히는 소리였다.

—쓰레기…….

곤이는 소리가 나는 쪽으로 고개를 돌렸다. 거기 서 있는 건 도라였다.

—꺼져. 여기서 굴러다니지 말고 너한테 어울리는 데로 꺼지라고.

도라의 얼굴에는 글쎄…… 나로서는 도저히 파악할 수 없는 표정이 걸려 있었다. 눈, 코, 입이 다 제각각이었다. 눈은 위로 뻗쳐 있었고 콧구멍이 살짝 넓어져 있었다. 그리고 입은 웃고 있는 것처럼 한쪽 꼬리가 말려 올라가 있었는데 어쩐 일인지 파르르 떨리고 있었다.

교실 문이 열리고 담임이 뛰어 들어왔다. 다른 선생님들도 함께였다. 하지만 그들이 뭔가를 하기 전, 곤이는 휙 뒷문으로 사라졌다. 누구도 곤이를 부르거나 붙잡지 않았다. 나조차도.

62

저녁에 곤이가 책방으로 찾아왔다. 빈 서가를 하릴없이 텅텅 쳐 대며 말들을 늘어놓았다.

—너 재주 좋더라. 로봇 주제에 연애질도 할 줄 알고, 편들어 주는 여자애까지 생기고. 걔가 꺼지라는데 존나 당황했잖냐. 새끼, 느끼지도 못할 거 많이 받아서 좋겠다.

말문이 막혔다. 곤이는 쫄지 마, 쫄지 마, 우리 사이에, 하며 별거 아니라는 듯 손사래를 쳤다.

—근데 말야. 한 가지만 묻자.

곤이가 나를 정면으로 바라보았다.

—너도 나라고 생각해?

마침내 곤이가 용건을 꺼냈다.

—난 여행을 가지도 않았어.

—대답만 해. 나라고 생각하냐고.

—가능성을 묻는 거야?

—그래, 가능성. 내가 했을 가능성.

—거기 있던 모든 애들에게 가능성이 있지.

—그중에서도 내가 월등히 더 높은 거고?

곤이가 고개를 끄덕이며 생글거렸다.

—솔직히 말하라면,

내가 천천히 입을 열었다.

—다들 너에 대해서 그렇게 생각하는 게 이상하진 않아. 넌 그렇게 생각할 만한 요소가 많으니까. 너 말곤 그럴 만한 사람이 잘 안 떠오를 거야.

—그래. 그럴 것 같았어. 그래서 고집 안 피웠어. 한 번 말했거든, 내가 한 거 아니라고. 근데 소용없더라고. 입 아플 거 같아서 가만있었는데, 아빠라는 사람은 나한테 물어보지도 않고 돈을 바로 갚아 버리데. 몇십만 원은 됐을 텐데. 그런 아버지 둔 거 자랑스러워 해야 되냐?

나는 아무 말도 하지 않았다. 곤이도 한동안 입을 꾹 다물었다.

—근데, 나 안 그랬다.

말꼬리가 살짝 올라갔다. 잠시 시간이 흘렀다.

—나 말이야, 그냥 사람들이 나에 대해서 생각하는 대로 살아 보려고 해. 사실 그게 내가 제일 잘 아는 거기도 하고.

—무슨 말이야?

—말했잖아, 난 강해지고 싶다고. 고민 많이 했어. 어떻게 하면 강해질 수 있는지. 공부를 많이 하거나 몸을 키워서 강해

지는 방법도 있겠지. 근데 그런 건 나한텐 안 어울리잖아? 너무 늦었거든. 난 너무, 늙어 버렸으니까.

—늙었다고?

내가 되물었다. 늙었다. 그 단어를 말하며 곤이를 보는 순간, 정말 그럴 수도 있겠다는 생각이 들었다.

곤이는 고개를 끄덕였다.

—응, 늙어 버렸지. 돌이킬 수 없을 만큼.

—그래서?

내가 물었다.

—그래서. 강해질 거야. 내가 살아온 인생답게. 나한테 제일 자연스러운 방식으로. 이기고 싶어. 상처받는 걸 멈출 수 없다면 차라리 상처를 줄 거야.

—어떻게?

—몰라. 하지만 어렵진 않을걸. 그게 나랑 가까운 세계니까.

곤이가 피식 웃었다. 무언가 말하려는데 곤이는 벌써 밖으로 나가고 있었다. 그 애는 갑자기 몸을 획 돌리더니 이런 말을 남겼다.

—앞으로는 볼 일 없을지도 모르겠다, 우리. 자, 작별의 뽀뽀 대신 이거.

곤이가 눈을 찡긋하더니 가운뎃손가락을 슬그머니 올렸다. 부드러운 미소였다. 그 애의 얼굴에서 그런 웃음을 본 건 그게 마지막이었다. 그렇게 그 애는 사라졌다.

그리고 비극이 빠른 속도로 진행됐다.

4부

63

도난 사건의 범인은 다른 아이로 밝혀졌다. 학기 초에 아이들 앞에서 내게 할머니가 죽는 걸 본 기분이 어떠냐고 큰 소리로 물었던 아이. 그 애가 담임을 찾아가 자신이 계획적으로 일을 꾸몄다고 말했다. 목적은 돈이 아니라 누명을 씌우고 사람들의 반응을 보는 거였다. 왜 그랬느냐는 담임의 물음에, 그 애는 "재미있을 것 같아서."라고 답했다.

그렇다고 해서 곤이에게 미안해하는 사람은 아무도 없었다. 그랬거나 말거나, 가만히 뒀어도 어차피 윤이수가 일냈을 듯, 따위의 말들이 어깨너머로 본 아이들의 휴대폰 단톡방에 떠 있었다.

윤 교수의 얼굴은 며칠간 먹지 못한 듯 야위어 있었다. 벽에 몸을 기댄 그가 말라붙은 입술을 달싹였다.

—난 태어나서 그 누구도 때린 적이 없어. 폭력으로 누군가를 저지하는 게 가능하다는 생각을 해 본 적이 없으니까. 그런

데, 그런데 말야. 이수한테는 두 번이나 그랬어. 그것 말고는 그 애를 막을 방법이 떠오르지 않았거든.

—한 번은 피자 가게에서였죠. 유리창 너머로 봤어요.

교수가 고개를 끄덕였다.

—피자집 주인이랑은 합의를 봤어. 다행히 다친 사람은 없었고 일은 그럭저럭 마무리됐지. 그날 그 애를 억지로 차에 태우고 집으로 돌아왔다. 집 안으로 들어올 때까지 우린 한 마디도 하지 않았고 집에 도착해서도 마찬가지였지. 난 곧장 방으로 들어갔으니까.

윤 교수의 목소리가 떨리기 시작했다.

—그 녀석이 돌아온 뒤로 많은 게 바뀌었단다. 아내의 죽음을 슬퍼할 틈도 주어지지 않았어. 아내는 다 같이 살게 될 날을 꿈꿨겠지. 하지만 나는 그 애가 있는 집이 너무나 불편했어. 책을 읽으면서도 잠자리에 누워서도, 한시도 생각을 멈춘 적이 없다. 왜 저런 모습으로 컸을까. 그게 대체 누구의 잘못인 걸까…….

교수는 한동안 심호흡을 하고 다시 말을 이었다.

—안타깝고 슬픈 마음이 너무 커지다 보면 말이야, 그리고 거기에 딱히 답이 없을 땐 말이지, 사람들은 나쁜 생각을 하게 된단다. 나도 그랬거든. 차라리 저 녀석이 없었더라면, 영영 돌아오지 않았더라면 어땠을까 자주 상상하곤 했으니까…….

교수가 몸을 들썩이기 시작했다.

—더 끔찍한 건 뭔지 아니……. 애초에 낳지 않았다면, 처음부터 그 애가 태어나지 않았다면, 그랬다면 모든 게 지금보다 나았을 것 같다는 생각을 했다는 거야. 그래, 끔찍하게도 친아비가 아들에 대해 그런 생각을 했어. 하, 이런 말을 네 앞에서 하다니 믿을 수가 없다…….

눈물이 교수의 목을 타고 흘러 스웨터 안으로 굴러 들어갔다. 나중에는 울음소리에 묻혀 그가 무슨 말을 하는지도 잘 알아들을 수가 없었다. 따뜻한 코코아를 한 잔 타서 앞에 내밀었다.

—네가 이수랑 꽤 가까이 지냈다고 들었다. 우리 집에도 한 번 찾아왔었다고. 어떻게 그럴 수가 있었지? 그런 일을 당하고도.

윤 교수가 나를 바라보았다. 나는 내가 줄 수 있는 가장 단순한 답을 내놓았다.

—곤이는 착한 애니까요.

—그렇게 생각하니?

나는 알고 있다. 곤이가 착한 아이라는 걸. 하지만 구체적으로 곤이에 대해 말하라면 그 애가 나를 때리고 아프게 했다는 것, 나비를 찢어 놓았다는 것, 선생에게 패악질을 부리고 아이들에게 물건을 집어 던졌다는 것밖에 말할 게 없다. 언어라는 건 그랬다. 이수와 곤이가 같은 사람이라는 걸 증명하는 것만큼이나 어려운 거다. 그래서 나는 이렇게 말했다.

—그냥, 알아요. 곤이는 좋은 애예요.

내 말에 윤 교수는 미소를 지었다. 그 미소는 3초쯤 유지되다가 갑자기 무너졌다. 그가 또다시 울어 버렸기 때문이다.

—고맙다. 그렇게 생각해 줘서.

—근데 왜 우세요?

—나는 그렇게 생각하지 못했던 게 미안해서. 그리고 그 애가 착하다고 말하는 네가 고맙다고 생각하는 내 마음이 얼토당토않아서…….

윤 교수가 울음에 섞여 뭉개진 발음으로 더듬거렸다. 돌아가기 직전 마지막으로 그는 머뭇거리며 덧붙였다.

—혹시나 이수에게 연락이 오면 전해 주겠니. 꼭 돌아오라고…….

—왜, 그러길 바라세요?

—어른씩이나 돼서 이런 말을 하려니 부끄럽지만 말이지, 그동안 너무 많은 일이 쉴 새 없이 다가와서 하나씩 돌아보고 보듬지 못했어. 다시 시작해 볼 기회를 얻고 싶다.

교수가 말했다.

—네, 그렇게 할게요.

내가 약속했다.

여러 가지 생각이 머리를 스쳤다. 시간을 되돌릴 수 있다면 윤 교수는 곤이를 낳지 않는 쪽을 선택했을까? 그랬더라면 그들 부부는 그 애를 잃어버리지 않았을 거다. 아줌마는 죄책감에 병이 걸리지도 않았을 거고, 회한 속에 죽지도 않았을 거다. 곤이가 저지른 골치 아픈 짓들도 애초에 일어나지 않았을 거다. 그런 식으로 따지면 역시 곤이가 태어나지 않는 편이 맞는 것 같다. 왜냐하면, 무엇보다도 그 애가 아무런 고통도 상실도 느낄 필요가 없었을 테니까.

하지만 그렇게 생각하면 모든 것은 의미를 잃는다. 목적만 남는다. 앙상하게.

새벽녘이 되도록 의식이 또렷했다. 곤이한테 해야 할 말이 있었다. 미안하다고. 네 엄마 앞에서 아들인 척해서. 내게 다른 친구가 생긴 걸 말하지 않아서. 그리고 마지막으로, 너는 안 그랬을 거라고, 나는 너를 믿는다고 말해 주지 못해서 미안하다고.

64

곤이를 찾아야 했다. 그러려면 찐빵이라는 녀석부터 만나 봐야 할 것 같았다. 찐빵이 다니는 학교는 유흥가의 중심에 위치해 있었다. 어떻게 그런 곳에 학교를 지을 생각을 했는지 의아한 곳이었다. 학교를 짓고 나서 그런 환경이 조성됐는지도 모르겠지만 여하튼 그랬다. 오후 햇살이 누렇게 늘어져 있었고 전혀 학생으로 보이지 않는 애들이 운동장 주변에서 담배를 피워 댔다.

학교 앞을 어슬렁거리던 애들 중 몇몇이 내 몸을 툭툭 건드렸다. 나는 찐빵을 보러 왔다고 했다. 곤이가 어디로 향했을지 물어볼 만한 사람은 걔가 유일했다. 찐빵이라면 알고 있을지도 모른다. 곤이를 반기고 손짓해 줄 만한 곳이 어디인지.

멀리서 찐빵이 천천히 걸어왔다. 마른 몸에 그림자는 더욱 쇠꼬챙이 같았다. 가까이서 보니 손과 발, 얼굴이 무척 커서 가지에 달린 열매처럼 느껴졌다. 찐빵이 고갯짓을 하자 그 애들이 내 옆구리를 번갈아 쿡쿡 찌르거나 주머니를 뒤졌다. 기대보다 내가 영양가가 없다는 걸 깨닫자 찐빵이 물었다.

—이렇게 얌전하게 생긴 애가 나한테 무슨 볼일이셔?

—곤이가 없어졌어. 너는 걔가 어디 있는지 알 것 같아서. 걱정은 하지 마, 네가 무슨 말을 하든 어른들한테 알릴 생각은 없으니까.

예상 밖으로 찐빵은 어렵지 않게 답을 내놓았다.

—철사 형.

찐빵은 어깨를 으쓱하며 고개를 좌우로 두어 번 꺾었다. 뚜둑, 하는 소리가 요란했다.

—곤이 자식, 철사 형한테 찾아간 것 같더라. 미리 말하는데, 나랑은 아무 상관 없어. 나한테도 철사 형은 너무 버거운 존재라서. 이래 봬도 난 학생이잖냐.

찐빵은 몸을 틀어 자신이 메고 있는 배낭을 툭툭 쳐 보였다.

—어디 있는데?

철사라는 이름이 입에 잘 붙지 않아 그렇게만 물었다. 찐빵이 뺨을 씰룩댔다.

—가 보게? 별로 추천하고 싶진 않은데.

—응.

짧게 답했다. 얘랑 노닥거릴 시간이 없었다. 찐빵은 잠깐 쯥쯥 소릴 내며 뜸을 들였다. 그러곤 여기서 멀지 않은 항구 도시의 이름을 댔다.

—거기 시장 골목 끄트머리에 오래된 구두 가게가 있어. 춤

출 때 신는 구두를 파는 덴데 나도 가 본 적은 없어서 더는 모르겠고. 행운을 빈다. 어차피 소용없겠지만.

찐빵은 손가락을 총 모양으로 만들어 내 머리에 빵, 쏘는 시늉을 하곤 건들거리며 시야에서 사라졌다.

65

곤이에게 찾아가기 전 도라가 들렀다. 도라는 한참 조용히 있더니 미안하다는 말로 입을 열었다.

—걔가 너랑 친한 줄 몰랐어. 알았다면 그렇게 말하진 않았을 거야. 그래도, 그래도 누군가는 막아야 했어.

작게 시작한 목소리였지만 말이 끝날 때쯤엔 힘이 실려 있었다.

—정말 의문이다. 네가 어떻게 그런 애랑 친하게 지낸 건지…….

도라가 중얼거렸다.

그런 애. 그래, 다들 그렇게 생각할 거다. 나도 그렇게 생각했었으니까. 언젠가 심 박사에게 했던 얘기를 도라에게 들려줬다. 곤이에 대해 알게 되면 할멈과 엄마에게 일어난 일을 이해할 수 있을지도 모른다고 생각했다고. 그렇게 해서라도 세상의 비밀을 한 가지쯤 알고 싶었다고.

—그래서 알게 됐어?

고개를 저었다.

—그 대신 다른 걸 얻었어.

—뭔데.

—곤이.

도라는 어깨를 으쓱하더니 고개를 저었다.

—그런데 왜 네가 걔를 찾으러 가야 해?

마지막으로 그 애가 물었다.

—그 앤 내 친구니까.

그게 내 답이었다.

66

그곳의 바닷바람은 짜고 배릿한 내가 났다. 계절도 방향도 지워 버리는 냄새였다. 나는 바람에 떠밀리듯 시장 안으로 숨어들었다. 유명하다는 닭강정 가게 앞에 사람들이 줄지어 서 있었다.

찐빵은 별로 훌륭한 안내자는 아니었다. 춤출 때 신는 신발을 파는 곳 따위는 물어봐도 찾을 수가 없었다. 헤매고 헤매다가 미로 같은 골목에 들어섰다. 길이 어지럽게 엉켜 있었고 나는 그저 발길이 닿는 대로 몸을 옮겼다.

겨울의 어둠은 쉽게 찾아왔다. 어둑해지나 싶더니 곧 깊은 밤이 된 것처럼 주위가 온통 새까맸다. 어디선가 이상한 소리가 들려왔다. 뭔가가 삐걱대는 소리 같기도 했고 갓 태어난 강아지의 울음소리 같기도 했다. 그 사이로 몇 개의 음성과 웃음소리가 섞여 있었다. 소리가 나는 곳으로 고개를 돌리자 어두운 건물의 입구가 반쯤 열려 있는 게 보였다. 허술한 철제문이 건들거리며 바람결에 움직였다. 시시덕거리는 웃음소리가 들려왔다. 갑자기 묘한 기운이 몸을 타고 흘렀다. 그것의 정체가 뭔지, 그걸 뜻하는 단어가 뭔지 기억하려 애썼다. 전에도 본 것 같은 풍경이었다. 하지만 그 단어를 쉽게 떠올릴 수 없었다.

그때였다. 끼익하고 문이 열리더니 한 무리의 아이들이 우르르 몰려나왔다. 나는 급히 벽에 붙어 몸을 숨겼다. 내 또래이거나 나보다 두세 살가량 많아 보이는 아이들이 낄낄대며 어둠 속으로 사라졌다. 또다시 익숙한 기운이 엄습했다.

문득 입구에 놓여 있는 뾰족한 구두 한 짝이 눈에 들어왔다. 금빛 가루가 곱게 뿌려진 화려한 구두였다. 가까이 다가가 구두를 뒤집자 밑창이 부드러운 가죽으로 덧대어져 있었다. 라틴 댄스를 출 때 신는 신발 같았다. 신발이 방향을 알려 주듯, 그 아래로 계단이 뻗어 있었다. 천천히 어두운 계단 밑으로 향했다. 계단의 끄트머리엔 박스가 잔뜩 쌓여 있었고 그 뒤로 육중한 철제문이 또 하나 나 있었다.

문 앞으로 다가섰다. 기다란 철 막대가 홈 안에 걸려 있었다. 내 쪽에서 열 수 있게 되어 있었지만 녹이 슬어 빼내는 데 시간이 좀 걸렸다. 간신히 막대를 빼고 문을 밀었다.

너저분한 풍경이 펼쳐졌다. 더럽고 낡은 방 안에 이런저런 물건들이 두서없이 쌓여 있었다. 모종의 비밀스러운 아지트 같은 느낌이었지만 무슨 일이 벌어지고 있는 건지는 짐작하기 힘들었다.

부스럭거리는 소리가 들렸다. 그리고 다음 순간 우리의 눈이 마주쳤다. 곤이가 무릎을 껴안은 채 바닥에 웅크리고 있었다. 작고 초라한 곤이가, 그렇게 혼자, 더 남루해진 모습으로. 기시감. 내가 찾고 있던 단어는 그거였다. 머릿속에 「가족오락관」이 스쳐 지나갔다. 가게 아저씨의 절규. 길을 잃었던 어린 나. 경찰서에 들이닥친 엄마가 나를 끌어안던 순간. 그리고 시간을 건너뛰어, 두 여자가 내 눈앞에서 쓰러지던 모습까지도……. 고개를 흔들었다. 지금은 그런 걸 떠올릴 때가 아니다. 내 눈앞에 있는 건 죽어 버린 슈퍼 아저씨의 아들이 아니라 아직 살아 있는 곤이였으니까.

67

곤이가 눈을 치켜떴다. 내가 나타나리라고는 전혀 예상하지 못했을 테니 당연하다. 그 애는 거친 목소리로 간신히 말했다.

—여기까진 왜 왔어. 어떻게 온 거야, 망할…….

무슨 일인지 곤이의 얼굴은 멍으로 가득했고 곳곳에 상처 자국이 나 있었다. 안색이 파리했다.

—찐빵한테 갔었어. 미리 알려 두지만 다른 사람한텐 말 안 했다, 너희 아빠도 포함해서.

아빠,라는 단어를 끝맺기도 전에 곤이가 옆에 있던 빈 음료 캔을 집어 던졌다. 캔이 허공을 날아가 먼지 쌓인 바닥을 치곤 몇 바퀴 돌았다.

—너야말로 어떻게 된 거야. 경찰에 신고부터 하자.

—경찰? 진짜 웃기는 놈이다, 너. 존나 집요한 짭새 나셨어.

그렇게 말하더니 곤이가 괴상한 소리로 웃기 시작했다. 배에 손을 대고 고개와 허리를 뒤로 젖히는, 쓸데없이 요란한 웃음이었다. 이런다고 고마워할 줄 알았냐, 따위의 말을 하면서.

나는 그 웃음을 끊었다.

—그렇게 웃지 마. 안 어울려. 웃는 거 같지도 않고.

—이젠 내가 너한테 어떻게 웃는지까지 명령질 받아야 되냐? 내가 하고 싶은 대로 하고, 있고 싶은 데 있겠다는데 왜 여기까지 와서 참견이냐고, 미친놈아. 네가 뭔데? 어, 대체 네가 뭔데…….

곤이의 고함이 잦아들고 있었다. 나는 곤이의 몸이 약하게 떨리는 걸 말없이 바라보았다. 며칠 새 곤이의 얼굴이 많이 변했다. 거칠게 일어난 피부에 검은 그늘이 내려앉았다. 무언가가 그 애를 많이 바꿔 버렸다.

—집에 가자.

—웃기시네. 멋 부리지 마. 잡소리 말고 좋은 말 할 때 꺼져. 더 좆되기 전에 꺼지라고.

곤이가 으르렁댔다.

—여기서 뭐 하게. 이런 꼴을 당하고도 여기서 견디는 게 강하다고 생각하는 거야? 그건 강한 게 아니고 그냥 센 척하는 거야.

—아는 척하지 마, 병신아. 네깟 게 뭘 안다고 지랄이야.

곤이가 소리쳤다. 하지만 웬일인지 그 애의 눈은 얼어붙고 있었다. 희미하게 발소리가 들려왔다. 그것은 빠른 속도로 가까워져 어느새 문 앞까지 도착했다.

—빨리 꺼지라고 했잖아.

곤이의 얼굴이 일그러졌다. 이어서, 그가 들어왔다.

68

사람이 아니라 거대한 그림자 같았다. 보기에 따라 20대로도, 30대 중반을 넘은 것으로도 여겨질 만한 외모였다. 허름하고 두툼한 잠바에 황토색 코르덴 바지를 입고 벙거지 모자를 눌러썼다. 마스크를 하고 있어 얼굴은 잘 보이지 않았다. 희한한 옷차림이었다. 그가 바로 철사였다.

—누구.

철사가 곤이에게 물었다. 뱀이 말을 한다면 그런 목소리일 것 같았다. 곤이는 입술을 깨물었고 내가 대신 대답했다.

—친구예요.

철사의 눈썹이 위로 솟았다. 이마에 가로줄이 두세 개쯤 생겨났다.

—친구가 여길 어떻게 알고. 아니, 그보다도 왜 온 거지?

—곤이 데려가려고요.

철사는 삐걱대는 의자에 천천히 앉았다. 그의 기다란 그림자도 함께 반으로 접혔다.

—뭔가 착각하고 있는 거 아니야? 네가 무슨 영웅이라도 된다는 착각.

그가 낮게 이죽거렸다. 내용을 주의 깊게 듣지 않으면 언뜻 호의적이라고 착각할 수도 있을, 부드러운 말투였다.

—곤이 아빠가 기다리고 있어요. 집으로 가야 해요.

—닥쳐.

곤이가 내게 일갈하더니 철사에게 몇 마디를 건넸다. 철사는 몇 차례 고개를 까딱거렸다.

—아, 네가 걔야? 곤이한테 들은 기억이 있어. 그런 병이 있는지 없는지 나는 모르겠지만. 어쩐지 네 표정에 별 변화가 없다 싶었네. 날 본 사람들은 보통 너같이 반응하지는 않거든.

나는 했던 말을 되풀이했다.

—곤이랑 전 돌아가야 해요. 나가게 해 줘요.

—곤이 너 어쩔래? 친구 따라갈래?

곤이가 입술을 깨무는가 싶더니 씩 웃으며 미소를 떠올렸다.

—미쳤어요, 내가 저 병신을 따라가게.

—오케이. 하긴, 친구라는 게 끈끈해 봐야 얼마나 끈끈하겠어. 그냥 말일 뿐이지. 의미 없는 단어가 세상에 워낙 많아요.

철사는 의자에서 일어서더니 몸을 굽혔다가 품 안에서 뭔가를 꺼냈다. 얇고 뾰족한 칼이었다. 칼날에 빛이 닿을 때마다 은빛 섬광이 날카롭게 번득여 눈이 부셨다.

—이거 보여 준 적 있지. 언젠간 쓸 일이 있을 거라고도.

곤이의 입이 천천히 벌어졌다. 철사가 칼끝으로 곤이를 겨눴다.

—어디, 써 봐.

곤이가 침을 삼켰다. 숨이 가빠졌는지 가슴이 오르락내리락했다.

—저런 저런, 쫄았네. 처음이니까 끝까지 갈 건 없고, 적당히 겁 좀 주면서 놀아 보라는 뜻이야.

철사가 씩 웃으며 천천히 모자를 벗었다. 순간 많이 본 얼굴이 스쳐 지나갔다. 그 얼굴이 누구의 것인지 떠올리는 데는 오랜 시간이 필요하지 않았다. 미켈란젤로의 다비드상이나 미술 시간에 교과서에서 본 수많은 미의 상징들. 그것과 똑 닮은 모습이 철사의 얼굴 안에 펼쳐져 있었다. 피부는 새하얗고 입술은 장밋빛이었다. 옅은 갈색에 가까운 머리칼과 직선으로 뻗은 정교한 눈썹. 깊고 투명한 눈. 신은 이상한 곳에 천사의 얼굴을 주셨다.

69

철사는 곤이의 소년원 선배였다. 곤이와 먼발치에서 몇 번 마주치기도 했다. 철사가 저지른 짓과 그의 일화들은 너무 자극적이고 위험해서 비공식적인 경로로만 회자되었다. 그가 철사라고 불리게 된 경위도, 범행에 쓰인 도구가 철사였다는 식의 무수한 소문만이 떠돌았다. 이따금 곤이는 소년원에서 들은 철사의 얘기를 위인의 일대기를 전하듯 장황하게 늘어놓곤 했다.

철사는 어딘가에 들어가 일을 배우거나 사회에 섞이는 것 따윈 시시하다고 생각했다. 그에겐 독자적으로 설계한 세상이 있었다. 남들은 가 보지 못한 정점에 이르는 것. 내겐 와닿지 않았지만 그 이상한 세계에 매료된 아이들이 철사 밑으로 모여들었고 곤이도 그중 하나였다.

—철사 형은 말야, 우리나라도 총기 사용이 허가돼서 미국이나 노르웨이처럼 총기 난사 같은 게 가끔씩 일어나야 한대. 그래야 쓸데없는 사람들을 한번에 다 쓸어버린다고. 멋지지 않냐? 그 형은 진짜 강해.

—그게 강한 거라고 생각해?

—당연하지. 그 형은 누구도 두려워하지 않아. 너처럼. 나도 그렇게 되고 싶어.

곤이가 그렇게 말했었다. 내게 모든 걸 털어놓던 한여름 날에.

70

지금 내 눈앞에 선 곤이의 손엔 칼이 들려 있다. 바로 옆에 선 것처럼 숨소리가 크다. 곤이는 뭘 하려는 걸까. 무엇을 증명하고 싶은 걸까. 흔들리는 눈동자가 커다란 구슬처럼 번들거렸다.

—하나만 물을게. 이게 네 진심이야?

내가 조용히 물었다. 하지만 곤이의 특기는 말허리를 자르는 거다. 말을 맺기도 전 옆구리에 곤이의 발길질이 가해졌다. 강한 충격에 나는 창문에 부딪혀 넘어졌다. 옆에 놓인 유리잔들이 바닥에 떨어졌다.

몇 살에 절도를 시작했는지, 언제 여자와 놀아 봤는지, 무슨 일로 소년원에 갔는지 따위를 자랑거리로 삼는 아이들이 있다. 그런 종류의 조직에서 인정받으려면 그럴듯한 무용담, 혹은 훈장이 필요하다. 곤이가 그 애들에게 맞으면서 버틴 것도 그런 통과 의례 때문이었을 거다. 하지만 나는 그런 게 모두 약하다는 증거라고 생각한다. 강한 것을 동경하며 생기는 나약

함의 표현.

내가 아는 곤이는 단지 철이 덜 든 열여섯의 남자아이일 뿐이었다. 약해 빠진 주제에 강한 척하는, 물러 터진 놈.

—정말 이게 네 진심이냐고.

다시 한번 물었다. 곤이가 숨을 씨근댔다.

—난 그렇게 생각하지 않아.

—입 닫아.

—난 그렇게 생각하지 않는다고, 곤아.

—닥치라고 새끼야.

—넌 그럴 수 없는 애야.

—썅.

그 애가 소리쳤다. 어느새 말에 울음이 섞여 있었다. 벽에 박힌 못에 찔렸는지 내 다리에서 피가 흘렀다. 그걸 본 곤이가 어린아이처럼 흐느끼기 시작했다. 그래, 곤이는 그런 놈이다. 피 한 방울에 눈물을 찍어 내고 남이 아파하는 걸 보면 저도 아픈 애다.

—말했잖아. 넌 그럴 수 없는 애라고.

곤이가 등을 돌린다. 팔꿈치를 접어 눈을 가리고 있는데 몸이 떨린다.

—그게 너야. 고작 그게 너라고.

내가 말했다.

—좋겠다……. 존나 좋겠다, 아무것도 못 느껴서. 나도 그

럴 수 있으면 정말 좋겠다…….

울음에 섞여 곤이가 웅얼댔다.

—가자.

내가 손을 내밀었다.

—이런 데 있지 말고 가자.

—너나 가, 새끼야. 난 너 같은 놈 몰라.

간신히 울음을 걷어 낸 곤이가 욕을 해 대기 시작했다. 마치 그게 유일한 살길이라는 듯이. 짖어 대듯이 욕을 했다.

—그만.

철사가 손을 들어 곤이를 저지했다.

—풋내기들 장난은 이제 그만 보고 싶다.

그가 몸을 내게 틀었다.

—데려가, 그렇게 하고 싶으면. 그런데 그냥은 안 되지. 대단한 우정 같은데, 그렇다면 친구를 위해서 너도 뭔가 보여 줘야 하지 않겠어?

철사가 자신의 턱을 천천히 문질렀다. 곤이의 얼굴이 조금씩 하얘져 갔다.

—그러니까, 뭘 할 수 있겠니? 곤이를 위해서 말야.

부드러운 말투였다. 웃음 띤 얼굴로 문장 끝을 나긋이 올리면서 말하는 것. 그런 게 친절한 거라고 배웠다. 하지만 저것이 친절을 베푸는 게 아니란 건 알고 있다. 나는 이렇게 대답했다.

—뭐든지 다요.

내 말이 의외였는지 철사는 눈을 크게 뜬 채 호오, 하고 바람 소리를 냈다.

—뭐든지 다?

—네.

—죽을지도 모르는데?

씨발. 곤이가 조그맣게 뇌까렸다. 철사는 흥미롭다는 듯 자세를 고쳐 앉았다.

—그럼 한번 견뎌 봐. 이런 놈 때문에 네가 어디까지 견딜 수 있는지, 보고 싶다.

철사가 미소 지었다.

—버티지 못해도 자책하진 마라. 너도 보통의 인간이라는 증거일 뿐이니까.

곤이가 눈을 질끈 감았다. 철사가 천천히 내게 다가왔다. 나는 눈을 감지 않고 내게 다가온 현실을 바라봤다.

71

나중에 사람들은 내게 왜 그랬느냐고, 왜 끝까지 도망치지 않았느냐고 물었다. 나는 제일 쉬운 일을 한 것뿐이라고 말했다. 두려움을 느끼지 못하는 사람이 할 수 있는 유일한 일을.

형광등을 껐다 켰다 하듯 정신이 들었다 나갔다 하길 반복했다. 정신이 들 때면 고통의 강도가 세졌다. 사람의 몸이 왜 이런 감각을 견디도록 설계됐는지 의아해질 정도로, 의식이 왜 아직도 꺼지지 않는지 불합리하다고 생각될 정도로, 아팠다.

가끔씩 곤이가 보였다. 희미하게, 혹은 또렷하게. 머리가 오류를 일으킨 모양이었다. 곤이가 두려워하는 게 보였다. 공포에 질렸다는 게 어떤 걸 뜻하는지 조금쯤 헤아릴 수 있을 것 같았다. 산소가 전혀 없는 곳에서 필사적으로 숨을 쉬어야 하는 기분. 곤이가 나를 그렇게 바라보고 있었다.

곤이의 얼굴이 흐려졌다. 내 시야가 흐릿해진 줄 알았는데 아니었다. 곤이의 뺨이 눈물로 범벅이 되어 있었다. 그 애가 울부짖기 시작했다. 그만두라고, 제발 그만두라고. 차라리 자기한테 그러라고, 쉬지 않고 외쳤다. 나는 그럴 필요가 없다고 고개를 저으려 했지만, 그러기엔 이미 힘이 달렸다.

72

불과 몇 달 전의 기억이 아련하게 머릿속을 오갔다. 나비의 날개를 찢던 날, 곤이가 내게 무언가를 가르치려다가 실패한 그날, 어스름이 내리던 무렵. 바닥에 짓이겨진 나비의 잔해를 닦아 내며 곤이는 몹시 울었다.

—두려움도 아픔도 죄책감도 전부 못 느꼈으면 좋겠어…….

눈물 섞인 목소리였다. 나는 조금 생각한 후에 입을 열었다.

—그것도 아무나 할 수 있는 게 아니야. 그러기엔 넌 너무 감정이 풍부하거든. 넌 차라리 화가나 음악가가 되는 편이 더 어울릴걸.

곤이가 웃었다. 물기 어린 웃음을.

고통을 내지르는 숨소리가 모두 허연 입김으로 나오는 지금과는 달리 한여름이었다, 그때는. 그때 우리는 여름의 정점에 있었다. 여름. 과연 그런 때가 있기나 했던 걸까. 모든 게 푸르고 무성하고 절정이었던 때가. 우리가 함께 경험한 게 정말로, 진짜였을까.

곤이는 내게 자주 물었었다. 두려움을 모른다는 게, 아무것도 느끼지 못한다는 게 어떤 느낌이냐고. 내가 설명하느라 늘 애를 먹어도 언제나 같은 질문을 던졌다.

내게도 풀리지 않는 의문이 있었다. 처음엔 할멈을 찌른 남자의 마음이 궁금했다. 하지만 그 질문은 점차 다른 쪽으로 옮겨 갔다. 알면서도 알지 못하는 척하는 사람들. 그들을 어떻게 이해해야 좋을지 도무지 알 수 없었다.

심 박사를 찾아간 어느 날이었다. 텔레비전 화면 속에서 폭격에 두 다리와 한쪽 귀를 잃은 소년이 울고 있다. 지구 어딘가에서 일어나는 전쟁에 관한 뉴스다. 화면을 보고 있는 심 박사의 얼굴은 무표정하다. 내 인기척을 느낀 그가 고개를 돌렸다. 나를 보자 다정하게 웃으며 인사를 건넸다. 내 시선은 미소 띤 박사의 얼굴 뒤로 떠오른 소년에게 향해 있었다. 나 같은 천치도 안다. 그 아이가 아파하고 있다는 걸. 끔찍하고 불행한 일로 고통스러워하고 있다는 걸.

하지만 묻지 않았다. 왜 웃고 있느냐고. 누군가는 저렇게 아파하고 있는데, 그 모습을 등지고 어떻게 당신은 웃을 수 있느냐고.

비슷한 모습을 누구에게서나 볼 수 있었기 때문이다. 채널을 무심히 돌리던 엄마나 할멈도 마찬가지였다. 너무 멀리 있는 불행은 내 불행이 아니라고, 엄마는 그렇게 말했었다.

그래, 그렇다 치자. 그러면 엄마와 할멈을 빤히 바라보며 아무런 행동도 하지 않았던 그날의 사람들은? 그들은 눈앞에서 그 일을 목도했다. 멀리 있는 불행이라는 핑계를 댈 수 없는 거리였다. 당시 성가대원 중 한 사람이 했던 인터뷰가 뇌리에 떠다녔다. 남자의 기세가 너무 격렬해, 무서워서 다가가지 못했다고.

멀면 먼 대로 할 수 있는 게 없다며 외면하고, 가까우면 가까운 대로 공포와 두려움이 너무 크다며 아무도 나서지 않았다. 대부분의 사람들이 느껴도 행동하지 않았고 공감한다면서 쉽게 잊었다.

내가 이해하는 한, 그건 진짜가 아니었다.

그렇게 살고 싶진 않았다.

곤이의 몸에서 괴상한 소리가 흘러나왔다. 명치끝에서부터 올라오는 굵고 진한 소리였다. 녹슨 톱니바퀴가 굴러가는 소리 같기도 했고 짐승의 울부짖음 같기도 했다. 그 애는 왜 그렇게도 소질 없는 걸 하려고 드는 걸까. '한심한 녀석'이라는 말이 입 안에서 맴돌았다.

철사가 곤이를 빤히 쳐다봤다.

—고작 그 정도란 말이지. 알겠어. 그럼 네 선택에 후회 마라.

철사가 곤이의 옆에 놓인 걸 낚아챘다. 아까 곤이에게 건넸던 칼이다. 손쓸 틈도 없이 철사가 곤이의 턱 밑에 그걸 가져다 댔다. 하지만 그는 곤이를 다치게 할 수 없었다. 그 칼을 받은 건 내 쪽이었으니까. 나는 죽어 버렸으니까.

73

내 몸이 곤이를 밀쳐 내는 순간 철사의 칼이 내 가슴 안으로 사정없이 파고들었다. 곤이가 철사를 향해 악마라고 소리쳤다. 철사가 칼을 빼냈다. 빨간 액체가, 따뜻하고 끈적한 육신의 정수가 몸 밖으로 빠르게 빠져나갔다. 잠깐 정신을 잃었다.

누군가가 내 어깨를 흔들었다. 곤이가 나를 끌어안고 있다.

—죽지 마. 뭐든 해 줄게, 뭐든…….

곤이가 울먹인다. 어쩐 일인지 그 애는 피투성이다. 얼핏 철사가 바닥에 엎드려 있는 게 눈에 들어온다. 그때 왜 그런 말이 튀어나왔는지 모르겠다. 나는 간신히 속삭였을 뿐이다.

—네가 상처 입힌 사람들에게 사과해. 진심으로. 네가 날개를 찢은 나비나 모르고 밟은 벌레들에게도.

내가 미안하다는 말을 하러 온 건데 곤이더러 사과하라고 한다. 그런데도 곤이는 고개를 끄덕인다.

—그럴게. 그럴게. 그럴게. 그러니까 제발 좀…….

나를 부둥켜안은 곤이의 몸이 앞뒤로 흔들린다. 어느 순간 그 애의 목소리가 들리지 않는다. 눈이 천천히 감겼다. 깊은 물에 몸을 맡긴 것처럼 온몸이 노곤했다. 이제 나는 내가 태어나기 전에 지내던 태고의 곳으로 돌아간다. 머릿속에서 영화를 튼 것처럼 아득한 한 장면이 점점 선명해지기 시작한다.

마지막으로 눈이 내리던 날. 그러니까 내 생일날. 피로 눈을 물들인 엄마가 쓰러져 있다. 할멈이 보인다. 표정이 맹수처럼 사납다. 유리창 너머로 나를 향해 외친다. 가. 가. 저리 비켜! 그런 말은 보통 싫다는 뜻이다. 도라가 곤이에게 외친 것처럼, 꺼져 버리라는 뜻이다. 왜지. 왜 나한테 가라고 하지.

피가 튄다. 할멈의 피다. 눈앞이 붉어진다. 할멈은 아팠을까. 지금의 나처럼. 그러면서도 그 아픔을 겪는 게 내가 아니고 자신이라서 다행이라고 생각했을까…….

톡. 내 얼굴 위에 눈물방울이 떨어진다. 뜨겁다. 델 만큼. 그 순간 가슴 한가운데서 뭔가가 탁, 하고 터졌다. 이상한 기분이 밀려들었다. 아니, 밀려드는 게 아니라 밀려 나갔다. 몸속 어딘가에 존재하던 둑이 터졌다. 울컥. 내 안의 무언가가 영원히 부서졌다.

—느껴져.

내가 속삭였다. 그것의 이름이 슬픔인지 기쁨인지 외로움인지 아픔인지, 아니면 두려움이었는지 환희였는지 나는 알지 못한다. 다만 나는 무언가를 느꼈을 뿐이다. 구역질이 났다. 떨쳐 내고 싶은 역겨움이 밀려왔다. 그런데도 멋진 경험이라는 생각이 들었다. 갑자기 참을 수 없는 졸음이 쏟아졌다. 천천히 눈이 감겼다. 울고 있는 곤이가 시야 밖으로 사라졌다.

비로소 나는 인간이 되었다. 그리고 그 순간 세상은 내게서 멀어지고 있었다.

사실, 내 이야기의 끝은 여기다.

74

그러니까 여기서부터는 일종의 후일담이다.

내 영혼이 육체를 벗어나 내 몸을 부여잡고 울고 있는 곤이를 내려다보았다. 머리통의 땜빵이 별 모양이었다. 그걸 보고 한 번도 웃은 적이 없다는 사실이 떠올랐다. 하하하. 소리 내 웃었다. 내 기억은 거기까지다.

다시 깨어났을 때 나는 현실로 돌아와 있었다. 그 현실은 병원이었다. 그리고 오랫동안 깨다 잠들다 하길 반복했다. 내가 완전히 회복해서 다시 걷게 되기까지는 몇 달가량 걸렸다.

누워 있는 동안 같은 꿈을 자주 꿨다. 운동회가 한창인 운동장이다. 흙먼지가 피어오르는 태양 아래 나와 곤이가 서 있다. 무척 뜨겁다. 앞에서 달리기 시합이 펼쳐지고 있다. 곤이가 씩 웃으며 내 손에 뭔가를 쥐여 준다. 손을 펼치자, 반투명한 구슬이 손바닥 위를 도르르 구른다. 중간에 웃는 표정 같은 둥근 선이 붉은색으로 그어져 있다. 구슬을 굴리자 붉은 선이 방향을 바꾸며 울었다 웃었다 한다. 자두맛 사탕이다.

사탕을 입 안에 넣는다. 달콤하고 새콤하다. 침이 고인다. 혀로 사탕을 굴린다. 이따금씩 사탕이 이빨과 부딪혀 딱딱 소리를 낸다. 갑자기 혀가 저릿하다. 짭짜름하고 시큰하다. 비리기도 하고 쓰기도 하다. 그 사이로 다디단 향이 올라와 나는 정신없이 코를 킁킁댄다.

탕, 어디선가 출발 신호가 공기를 울린다. 우리는 지면을 밀어 내며 달리기 시작한다. 시합이 아니라, 그저 달리기다. 우린 그냥 몸이 공기를 가르고 있다는 것을 느끼기만 하면 된다.

눈을 떴을 때 내 앞엔 심 박사가 있었다. 그가 그동안의 이야기들을 들려주었다.

내가 정신을 잃은 직후 윤 교수가 경찰들과 함께 들이닥쳤다. 우리 힘으로 모든 걸 제자리로 되돌려 놓을 수 있다면 더 멋졌겠지만 어른들의 눈에 우린 아직 애들일 뿐이었나 보다. 도라가 담임에게 연락을 취했고 몇몇 아이들이 찐빵과 곤이의 관계를 말하면서 경찰이 찐빵을 찾아갈 수 있었다. 그 뒤 철사가 있는 곳까지 오는 건 어렵지 않은 일이었다고 한다.

철사는 곤이의 칼에 찔렸다. 하지만 생명에 지장은 없는 상태였고 나보다 먼저 회복해서 지금은 재판을 앞두고 있다. 그가 저지른 일들은 하도 엄청나서 여기서 일일이 나열하기 힘들 정도다. 나중에 전해 들은 이야기지만 그는 자신이 치르게 될

대가가 생각보다 크다는 걸 알고서도 시종일관 미소를 띤 채였다고 한다. 그의 마음속은, 아니 대체 인간이란 건 어떻게 설계된 걸까. 그가 다른 표정을 지을 수 있는 날이, 그런 기회가 그의 인생에 왔으면 좋겠다고 생각했다.

곤이가 철사를 찌른 것은 아마도 정당방위로 인정될 거라고 했다. 곤이는 심리 치료를 받고 있고, 아직 나를 만날 준비가 안 되었다고 했다. 윤 교수는 학교에 휴직계를 내고 오직 곤이만을 위해서 살아 보는 것으로 삶을 바꿔 보기로 결심했다. 곤이는 제 아빠와 이야기를 많이 나누지는 않았다. 하지만 윤 교수는 끝까지 애쓸 거라고 다짐했다.

심 박사는 내가 없을 때 도라가 몇 차례 나녀갔었다며 그 애가 남긴 카드를 전해 주었다. 글자를 싫어하는 도라답게 카드를 열자 메모 대신 사진만 한 장 들어 있었다. 사진 속에서 도라가 달리고 있다. 두 다리가 공중에 떠 있는 게 꼭 하늘을 나는 것 같다. 도라는 육상부가 있는 학교로 전학을 갔다. 전학을 가자마자 구 대회에서 2등을 했다. 증발했다던 꿈을 되찾은 모양이다. 또라이. 도라의 엄마 아빠가 그렇게 말하면서도 웃었을 거라고 생각한다.

—표정이 다양해졌구나.

문득 심 박사가 내게 말했다. 나는 그 끔찍한 밤에 있었던 놀라운 이야기를 들려주었다. 내 몸과 마음에 갑자기 일어난 이상한 변화를.

—완전히 회복되면 MRI를 찍어 보자. 임상 검사도 전부 다시 해 보고. 네 머리가 얼마나 달라졌는지 확인해 볼 때가 된 것 같구나. 사실 말이지, 난 네 병명을 늘 의심했었단다. 나도 한때 의사이긴 했지만, 의사들은 라벨 붙이는 걸 좋아하지. 그래야 특이한 현상이나 사람도 받아들일 수 있으니까. 그게 명확하고 유용할 때도 물론 많고. 그렇지만 말이야, 사람의 머리란 생각보다 묘한 놈이거든. 그리고 난 여전히, 가슴이 머리를 지배할 수 있다고 믿는 사람이란다. 그러니까 내 말은, 어쩌면 넌 그냥 남들과 조금 다른 방식으로 자란 것일 수도 있다는 뜻이야.

박사가 웃었다.

—자란다는 건, 변한다는 뜻인가요.

—아마도 그렇겠지. 나쁜 방향으로든 좋은 방향으로든.

나는 곤이와 도라와 함께 보낸 지난 몇 계절을 짧게 회상했다. 그리고 곤이가 변하게 될 방향이 후자이기를 바랐다. 그 전에 '좋은 방향'이 어떤 건지부터 고민해야겠지만.

심 박사는 어딜 좀 다녀와야겠다며 병실을 나섰다. 병실에서 나가기 직전 심 박사는 잠깐 머뭇거리더니 의미심장하게 말했다.

—난 선물이 뭔지 미리 말해 주는 사람을 무척 싫어한단다.

하지만 어떨 때는, 그러니까 지금 같은 경우엔 입이 근질거려 참기가 힘들구나. 힌트만 줄게. 조금 후 누군가를 만나게 될 거야. 네가 많이 놀랐으면 좋겠다.

그러면서 그는 곤이가 내게 남긴 편지를 전해 주었다.

—나가시면 볼게요.

심 박사가 병실을 나가고 나서 봉투를 열었다. 흰 종이가 사각으로 접혀 있었다. 천천히 종이를 펼쳤다. 그 안엔 꾹꾹 눌러쓴 뭉툭한 글자가 몇 개 적혀 있었다.

미안하다.

그리고 고마워.

진심.

진심,이라는 단어 뒤에 찍힌 마침표를 한동안 바라봤다. 그 마침표가 곤이의 삶을 바꾸기를 바랐다. 우리는 다시 만날 수 있을까. 그러기를 바랐다. 진심.으로.

75

문이 열렸다. 심 박사였다. 휠체어를 밀고 있다. 거기 앉은 사람이 나를 향해 환히 미소를 짓는다. 낯익은 미소다. 태어난 순간부터 쭉 보아 왔던 미소였으니까.

—엄마.

라고 말하는 순간 엄마의 눈에서 왈칵, 눈물이 쏟아졌다. 내 볼을 쓰다듬고 머리칼을 매만지며 엄마는 내내 울었다. 나는 울진 않았다. 아직 그 정도로 감정이 발달하진 않은 건지, 아니면 엄마를 보고 울기엔 이미 머리가 너무 커 버린 건지.

나는 우는 엄마의 눈물을 닦고 엄마를 안아 주었다. 이상하게 그러면 그럴수록 엄마는 더 울었다.

내가 누워 있는 동안 거짓말처럼 엄마가 깨어났다. 모두가 불가능하다고 했던 무언가를 엄마가 해낸 거다. 그런데 엄마는 다르게 말했다. 모두가 불가능하다고 했던 무언가를 내가 해냈다고. 나는 고개를 저었다. 뭔가를 더 설명하고 싶은데, 그동안 있었던 일을 어디서부터 얘기하면 좋을까. 갑자기 빰이 뜨겁다. 엄마가 뭔가를 닦아 준다. 눈물이다. 어느새 내 눈에서 눈물이 흐르고 있다. 내가 운다. 그런데 또 웃는다. 엄마도 마찬가지다.

에필로그

스무 번째 봄이 왔다. 학교를 졸업했고 남들이 말하는 어른이 됐다.

버스 안에서 노곤한 노래가 흘러나왔다. 사람들이 모두 꾸벅꾸벅 졸고 있다. 차창 밖으로 봄이 지나간다. 봄, 봄, 난 봄이야, 하고 말하는 수많은 꽃들. 그 꽃들을 지나쳐 나는 곤이를 보러 간다. 목적이나 할 말은 없다. 그냥. 만나러 간다. 모두가 괴물이라 말하던 내 착한 친구를.

여기서부터는 아주 다른 얘기다. 새롭고, 알 수 없는.

그 이야기가 어떤 이야기가 될지는 나도 모른다. 말했듯이, 사실 어떤 이야기가 비극인지 희극인지는 당신도 나도 누구도, 영원히 말할 수 없는 일이다. 그렇게 딱 나누는 것 따윈 애초에 불가능한 건지도 모른다. 삶은 여러 맛을 지닌 채 그저 흘러간다.

나는 부딪혀 보기로 했다. 언제나 그랬듯 삶이 내게 오는 만큼. 그리고 내가 느낄 수 있는 딱 그만큼을.

〈특별부록–외전 단편〉

상자 속의 남자

나는 상자 속에 산다. 꽉 닫힌 상자 안은 안전하다. 나는 그 안에 머물면서 세상을 지켜보고 관찰한다. 응시하고 싶은 것을 응시하다가 불편해지면 눈을 질끈 감아버린다. 이런 얘기를 들려줬더니 형은 옅은 미소를 지었다. 미소가 아니었는지도 모른다. 형이 어떤 기분인지를 표정으로 알기란 쉽지 않다. 거의 굳어있는 형의 얼굴에서 표정이라고 해 봐야 한쪽 입꼬리를 어색하게 올리는 것뿐이다. 그리고 형은…… 아니다. 그의 자세한 상태를 묘사하는 건 내게도 형에게도 즐거운 일이 못 된다. 내가 말할 수 있는 건 형이 처음부터 이런 모습은 아니었다는 사실뿐이다.

한때 형은 누구보다 우렁찬 목소리를 가지고 있었으며 아침햇살처럼 밝은 미소를 아낌없이 내비치던 사람이었다. 형이 이렇게 된 이유는 그가 상자 밖으로 부주의하게 뛰쳐나갔기 때문이다. 그러므로 내가 상자 속에 머무는 건 당연하다. 누구도 들어올 수 없고 내가 함부로 나갈 염려도 없는 이곳에서 나는 안전하고 평화롭다.

그렇다고 해서 내가 세상과 단절된 삶을 사는 건 아니다. 내게는 어엿한 직업이 있고 생활 속에서 매일 사람들과 말을 섞는다. 고된 상하차 작업에 대해 동료들과 푸념을 늘어놓기도 하고 엘리베이터에 탔을 때 멀리서 걸어오는 할머니를 위해 닫히려던 문을 다시 열어주기도 한다. 드물지만 내가 건넨 물품을 수령하는 사람과 가벼운 인사를 나누는 순간도 있다. 하지만 그건 예의의 범주에 속한다.

그렇게 하지 않으면 기분 나쁜 사람이라는 평가를 받게 될 것이고, 차곡차곡 쌓인 불만과 클레임은 어떤 식으로든 내게 해를 끼칠 것이다. 기본적인 예의와 사회성을 갖추고 때로는 억울함을 견디며 손해 보는 느낌을 묵묵히 참아 넘기는 것. 그것이 나 같은 노동자들이 살아남기 위해 벌이고 있는 소리 없는 투쟁이다.

물론 참기 힘든 순간도 더러 찾아온다. 주소 입력 오류로 생기는 번거로움이나 배송 지연에 대한 클레임 같은 건 아무것도 아니다. 최악의 상황은 얼굴을 맞댄 상대와 문제가 발생할 때 빚어진다.

한 번은 집 안까지 무거운 생수 팩을 들여놓으라는 할아버지와 싸움이 붙은 적이 있다. 날은 더웠고 땀에 젖어 등에 철썩

들러붙은 셔츠가 척척했다. 눈앞엔 막 내려놓은 생수가 산더미처럼 쌓여있었다. 벌컥 문을 연 할아버지는 대뜸 꺼끌꺼끌한 목소리로 현관 안까지 생수 팩을 옮기라고 명령했다. 첫마디부터 그렇게 공격적이지 않았다면 나도 생각을 바꿨을지 모른다. 하지만 다짜고짜 반말에 삿대질을 섞어 이걸 여기 두는 게 생각이 있는 짓이냐고 호통을 치는 데엔 도리가 없었다. 매뉴얼대로 택배 규정상 물품을 집안까지 들일 의무가 없다고 응했으나 그는 막무가내였다. 나는 침착한 말투를 유지하려 애썼지만 돌아온 건 입에 담기 힘든 욕설과 직업 비하, 그리고 눈앞에서 쾅 닫히는 문의 굉음이었다. 관자놀이에서 굵은 땀이 쭉 흘러내렸고 주먹이 불끈 쥐어졌다. 생각할 틈도 없이 내 주먹은 문을 두드리고 있었다. 쾅쾅쾅쾅. 녹슨 철제 문이 삐걱대는 소리가 사나운 개가 짖는 것처럼 복도를 컹컹 울렸다. 내 안에선 걷잡을 수 없는 분노가 번져 나갔다. 문 뒤의 노인은 응답하지 않았다. 다행이었다. 문이 열렸다면 즉시 주먹이 나갔을 것이고, 나는 직장을 잃었을 것이고, 나 자신과 세상을 한층 더 미워하게 됐을 테니까.

다행히 시간이 흐를수록 고객의 얼굴을 볼 일도, 업무 중 해야 할 말의 수도 줄고 있다. 내 일은 점점 단순해져서 대부분은 고객을 상대하지 않은 채 박스를 싣고 닫힌 문 앞에 던져두는 것으로 끝난다. 그 과정은 반복적이고 고되지만 어떤 의미에선 정확히 내 세계관과 일치한다. 굳게 닫힌 문 앞의 밀봉된 상자. 서로 마주칠 필요도, 상자 안에 든 물건이 무엇인지 알 필요도 없다. 이 일에서 가장 중요한 건 물건이 안전하게 배달되는 것뿐이다. 안전. 내 삶의 모토, 내가 상자 속에 사는 이유도 바로 그것 때문이다.

가끔 들르는 공원에는 아이들이 뛰어논다. 벤치에 가만히 앉아있노라면 아이들이 눈앞에서 넘어지는 걸 보게 되는 경우가 생긴다. 그럴 때면 손을 내밀어 아이를 일으켜주고 싶은 마음이 든다. 형이 그랬듯 내 본능도 그러하다. 하지만 난 아이들에게 손을 내미는 대신 필사적으로 몸을 웅크려 손이 뻗어나가지 않도록 단속한다. 누군가를 해치기 위해 주먹을 들면 안 되는 것처럼 누군가를 돕기 위한 손길도 내밀어서는 안 된다. 내 손은 누구를 향해서도 나아가지 않는다. 삶이 내게 가르쳐준 씁쓸한 관성이다.

처음부터 내가 이런 종류의 삶을 산 건 아니었다. 형이 아니었더라면 모든 게 지금과 같지 않았을 거다. 한때 형은 빛이었으며 뒤따르고 싶은 길 같은 존재였다. 아무리 애를 써도 내가 부족해 따라갈 수 없던, 그럼에도 마냥 자랑스럽고 든든하기만 했던 형. 내가 형을 닮지 않은 건 축복이었을까, 저주였을까.

타고나길 약하고 소극적이었던 나와 달리, 형은 뭘 해도 잘

해냈고 어딜 가든 인기가 많았다. 탄탄하고 다부진 몸을 가졌지만 힘을 함부로 과시하거나 으스대는 대신 진솔하고 소탈했다. 하지만 그 형은 과거의 형이다. 이제 내가 2주에 한 번 의무적으로 보러 가는 형은 어두운 6인 병실에 누워 천장만 바라보며 쌕쌕댄다. 그의 시간은 12년째 멈춰져 있다.

그날 밤. 그 참혹했던 밤. 나와 함께였다면 난 형을 말렸을까. 수갑을 찬 듯 내 안에 결박된 손을 뻗어 무모한 운명으로 향하려던 그의 걸음을 막을 수 있었을까. 그랬더라면 형은, 지금도 웃고 떠들며 힘찬 걸음을 내딛는 사람이었을까.

*

당시 우리는 높다란 언덕배기의 낡은 아파트에 살았다. 집으로 가는 길은 정문을 통하는 것보다 오래된 주택가를 낀 옆문을 통하는 편이 빨랐는데, 인적이 드물어 주로 개인이 소유한 트럭이나 택시 따위의 차들을 세워 두는 장소로 쓰였다. 길고 경사가 아주 심해서 사이드 브레이크를 올리고도 반드시 뒷바퀴에 벽돌을 받쳐 놓아야 안전한 길이었다.

그날 밤 형은 술을 한잔 걸치고 집으로 돌아오고 있었다. 언덕 꼭대기엔 여느 때처럼 파란 트럭이 하나 세워져 있었다. 형이 길 초입에 서서 담배를 한 대 피우려고 주머니를 뒤지던 때였다. 옆 골목이 소란해지나 싶더니 젊은 부부가 가로등 불빛 아래 몸을 드러냈다. 둘은 다투고 있었는데 소리가 점차 커지는 것으로 보아 쉬이 끝날 싸움 같진 않았다. 그들 옆으로는 서너 살 먹은 아이가 아장거렸지만 언쟁에 몰두한 부부는 아이가 혼자 도로 건너편으로 걸어가고 있는 것을 신경 쓰지 못했다.

형은 꺼내려던 담배를 도로 넣으며 이만 자리를 피해야겠다고 생각했다. 막 걸음을 옮기려는데 설명하기 힘든 이질적인 느낌에 형은 눈을 끔뻑, 깊게 감았다가 떴다. 움직이지 않아야 할 배경이 바뀌고 있었다. 술을 너무 마셨나 의심한 순간 형은 깨달았다. 트럭이 천천히, 아주 느리게 미끄러지고 있었다. 바퀴 밑에 보여야 할 벽돌이 보이지 않았다. 부부가 아무것도 모른 채 서로를 비난하며 목소리를 높이는 사이 아이는 어느새 트럭의 직선거리 아래에 쪼그리고 앉아 돌멩이를 땅에 두드리며 놀고 있었다.

서서히 움직이던 트럭에 갑자기 가속이 붙었다. 그것은 언덕 아래를 향해 푸른 불꽃이 번지듯 매섭게 질주하기 시작했다. 생각할 틈도 없었다. 형은 번개처럼 몸을 굴려 아이를 거칠게 밀어냈고 다음 순간 트럭 아래로 자취를 감췄다. 그제야 부부는 싸움을 멈추고 정체를 알 수 없는 끔찍한 소리를 향해 얼굴을 돌렸다.

형의 이야기는 신문과 뉴스에 실렸다. 다투던 부부는 왜인지 얼굴이 모자이크 처리된 채 인터뷰를 했다. 아이는 팔에 상처를 입었을 뿐 무사하며, 깊이 감사드린다고 얘기하는 목소리는 공손했으나 어딘가 냉랭했다. 형은 용감한 시민상을 받았지만 시상식에는 내가 대신 갔다. 구청장이 전해주는 차가운 금속 패를 만질 때 이상하게 몸에 소름이 돋았다. 그 모든 일이 일어나는 동안 형은 만신창이가 되어 병실에 누워있었다. 취재진이 예의 없이 들이미는 마이크에 형은 온몸이 붕대와 깁스로 압박된 채 어눌한 발음으로 이렇게 말했다. 당연히 했어야 할 일을 한 것뿐이라고.

시간이 흘렀다. 형이 가졌던 것들이 차츰 사라졌다. 형의 직장, 뽑은 지 얼마 안 된 차, 홀로 계셨던 어머니, 결혼을 약속했던 여자친구, 그리고 형을 찾던 많은 발길들. 불행을 나열한 것만 같은 쓸쓸한 삶. 그 삶이 우리의 것이 됐다.

*

아주 가끔 그 부부의 삶을 엿본다. 사고가 난 곳 근처의 주택가는 허물어지고 그 자리에는 아파트가 올라갔다. 부부는 아파트 입구 상가에서 꽃집을 한다. 가게 이름을 검색하고 SNS를 통해 그들의 일상을 훔쳐보는 건 어려운 일이 아니다. 그들의 삶은 평화롭고 윤택하다. 환한 미소가 가득한 일상에는 귀여운 반려동물이 함께하며 해외여행의 흔적과 새로 산 물건들이 주는 작은 기쁨이 녹아있다. 그들에게 그런 삶을 허락한 건 형이다. 그 대가로 그는 정지된 시간 속에서 욕창이 가득 번진 몸으로 의미 없는 숨을 쉰다.

딱 한 번, 그들의 가게 안에 들어가 본 적이 있다. 아무도 없는 공간에 알록달록 예쁜 꽃들이 숲처럼 우거져 있었다. 나는 요정의 정원에 들어선 듯 어지러운 꽃향기 속에 넋을 잃은 채 어쩔 줄 모르고 서 있었다. 받아본 적도, 선물해본 적도 없는 이름 모를 꽃들이 낯설기만 했다.

그때 가게 안으로 깡마른 여자아이가 들어왔다. 엄마, 하고 부르는 목소리가 높고 맑았다. 아이의 얼굴을 보기도 전, 팔에 난 긴 상처가 눈에 띄었다. 사슬처럼 촘촘하게 이어진 색 바랜 상처 자국. 형이 구해준 흔적, 그 아이가 살아남은 증거였다.

아이의 시선이 내 눈과 마주쳤다. 자신과 나의 삶이 어떤 식으로 엮였는지, 자신의 생이 무엇을 앗아갔는지 전혀 알지 못하는 무심한 눈빛이 은테 안경 너머에 차갑게 자리하고 있었다. 나는 시든 꽃이라곤 한 송이도 없는 그곳을 도망치듯 빠져나왔다.

그날 밤 꾼 꿈을 잊을 수 없다. 수천수만 송이의 시든 꽃들 틈에서 얼굴이 보이지 않는 사람들이 끊임없이 외쳤다.

누가 도와 달랬어요? 감사하다고 충분히 말했잖아요. 한번 도움을 받았다고 평생 죄인처럼 살라는 겁니까? 그러니까, 누가 도와 달랬느냐구요…….

피해자는 가해자만 원망한다. 그러니까 형이 가만히 있었더라도 문제 될 건 없었다. 그 부부는 사이드 브레이크를 올리지 않은 트럭 운전사를 저주했겠지만 형을 나무라진 못했을 거다. 그들도 못한 일이었으니까. 물론 그들은 형에게 감사했다. 그러나 감사의 대가는 통렬하다. 당연히 해야 할 일을 한 것뿐이라고? 거짓말이다. 그렇게라도 말하지 않으면 무너질 수밖에 없기에 하는 새빨간 거짓말일 뿐이다. 나는 깊은 밤 형이 고통과 회한에 울부짖는 모습을 수 없이 봤다.

사람들은 감사의 마음을 쉽게, 너무나 빨리 잊어버린다. 고맙다고 인사를 건네고, 다행이라고 한숨을 내쉬고, 그러곤 아무 일도 없었다는 듯 자신들의 일상으로 돌아가 버린다.

아주 오랜 시간 동안 나는 그 사실에 분노했었다. 하지만 시간이 흐르자 내 생각은 조금 더 합리적인 쪽으로 기울었다. 사람들이 쉽게 감사의 마음을 잊는다면 방법은 간단하다. 굳이 남들이 감사할 일을 하지 않으면 그만인 것이다. 누군가가 고마워할 만한 일을 한다는 건 내가 더 위험해지거나 손해를 본다는 뜻이니까. 그러니까 명심하고 새겨야 한다. 절대로, 절대로 나와 상관없는 일에 뛰어들어서는 안 된다.

크리스마스 이브의 일을 겪으면서도 그 생각은 변하지 않았다.

*

연휴를 앞두고 새벽부터 쌓이는 눈으로 새벽부터 고생이 훤한 날이었다. 다음 날이 크리스마스라는 사실이 짜증스럽기만 했다. 눈길에 거북이 운행을 하는 차들 틈에서 연거푸 경적을 울렸지만 달라지는 건 없었다. 엎친 데 덮친 격으로 아침부터 쿨럭거리던 엔진소리가 심상찮아 갓길에 차를 대자마자 타이어에서 푸슉 바람 빠지는 소리가 났고 차는 완전히 멈춰 섰다.

본사 작업반장과 문자를 주고받으며 이런 경우는 매뉴얼상 천재지변에 속하므로 큰 문제가 없을 거라는 답을 듣고 나서야 잔뜩 굳어있던 몸이 풀리기 시작했다. 보험 회사에서는 도로 사정으로 도착하는 데 시간이 조금 걸린다고 했지만 내 마음은 이미 한결 여유로워져 있었다. 이제 얼마간은 쫓기듯 다음 목적지를 향해 가지 않아도 괜찮았으니까.

차창 너머에는 눈으로 뒤덮인 청계천이 펼쳐져 있었다. 거리는 하얗게 칠한 듯 완전히 다른 풍경으로 바뀌어 있었고 주변의 소음마저 백색 눈송이 안으로 빨려 들어가는 것 같았다. 날씨의 변화를 온전히 느껴본 게 얼마 만이었던가. 비나 눈이 오면 무조건 배송 지연부터 떠올렸었는데 뜻하지 않은 일로 나는 오히려 날씨가 바꿔놓은 도시를, 크리스마스 이브의 풍경을 감상하고 있었다. 잠시나마 세상이 아름다워 보였다. 나는 차 문을 열고 밖에 나왔다. 지나가는 구세군 합창단의 행렬이

울리는 노랫소리가 경건하고 아름다웠다.

한 식당의 문이 열리더니 모녀로 보이는 여자 둘이 걸어 나왔다. 체구가 단단한 할머니와 검고 긴 생머리의 여자였다. 그들은 자신들이 어른이라는 걸 잊은 듯 아이들처럼 폴짝거리며 눈밭에서 즐겁게 뛰놀았다. 경쾌한 웃음소리가 끊이지 않았다. 그래. 가족이란 저런 거였지. 뭉클한 기분에 내 눈길도 두 여자의 발랄한 몸짓을 좇았다. 그때 묘한 풍경이 시선을 사로잡았다. 한 남자가 그녀들을 향해 다가가고 있었다. 걸음걸이가 몹시 불안정했는데 눈길이 미끄러운 탓인지 의도적인 것인지 분간하기가 힘들었다. 이미 조금 전부터 그의 존재를 눈치챈 행인들이 왜인지 동요하고 있었다. 그 순간 나는 내 눈을 의심하지 않을 수 없었다. 남자의 손에 칼이 들려 있었다. 억, 내 입에서 소리가 튀어나오기도 전에 남자가 망치를 든 다른 쪽 손을 올렸다. 비명소리가 들렸다. 상처 입은 여자가 바닥에 미끄러졌다. 순식간의 일이었다.

호흡이 가빠지고 손이 부들부들 떨렸다. 그녀들은 나와 멀지 않은 거리에 있었다. 걸음으로 따지자면 스무 걸음쯤. 하지만 난 동상이라도 된 것처럼 자리에서 한 발짝도 움직일 수가 없었다. 도와주세요. 여자가 소리쳤지만 그녀의 목소리는 맥없이 끊어졌다. 새하얀 눈에 여러 차례 새빨간 자국이 새겨졌다. 나이 많은 여자가 무언가를 막듯 식당 문에 기대섰고, 또 한 번의 타격이 뒤따랐다. 그녀가 쓰러진 붉은 유리창 뒤로 한 소년이 보였다. 무심하고 무표정한, 그날의 다른 장면들만큼이나 어울리지 않던 얼굴로 그 애는 문밖에서 일어나는 일들을 바라보고 있었다.

그 뒤의 장면들은 잘 기억이 나지 않는다. 깨어진 성가대의 소리가 귀를 왕왕 어지럽혔고 속수무책의 일들이 연이어 벌어졌다. 그 모든 일들이 끝날 때까지 나는 여러 차례 형의 손길을 느꼈었다. 내 등을 떠미는 형의 손길.

그러나 나는 고개를 절레절레 저으며 눈 속에 발을 묻은 채 버티고 서서 미동도 하지 않았다. 그것이 내가 살아남은 방법이다. 내 삶의 기준대로, 형이 내게 남겨준 교훈대로.

그 날 밤 나는 너덜너덜해진 정신으로 TV 앞에 앉았다. 하루 종일 굶은 탓에 머리가 핑 돌았지만 허기는 느껴지지 않았다. 끔찍한 하루였다. 동료가 대신 트럭을 몰고 간 후 경찰서에 참고인 신분으로 출석하고 뒤늦게 저녁 조에 배정돼 할당을 채우고 왔다. 하루에 일어나기엔 너무 많은 일들을 겪은 후였다. 내일이 크리스마스라는 게 믿기지 않았다. 뉴스에서 낮에 있었던 일이 보도됐지만 나는 그대로 전원을 꺼 버렸다.

그 뒤 며칠간 주어진 짧은 휴가 동안 나는 아무것도 할 수가 없었다. 지워버리기엔 그날의 기억이 너무나 선명했다. 도와주세요, 라던 절박한 외침. 내 발 위로 쌓여가던 눈. 그리고 피로 붉게 물든 문 뒤에 서 있던 소년의 얼굴이 자꾸만 떠올랐다.

결국 이틀 뒤 나는 부고 기사에 적힌 병원 장례식장에 찾아갔다. 3일장으로 치러지는 합동 장례식의 발인 전날이었다. 장례식장엔 생각만큼 사람이 많지 않았다. 막연한 애도의 마음을 가지고 찾아온 나였다. 아무도 나를 탓하지 않았지만 어쩌면 그렇게라도 함으로써 죄책감에서 자유로워질 수 있을 거라 생각해서였는지도 모른다. 그러나 넓은 공간을 채운 무겁고 침울한 공기가 피부에 닿자 나는 누구에게도 묵념을 올릴 자신이 없어졌다. 내가 희생자들의 유족과 한 공간에 있다는 사실이 너무 뻔뻔스럽게 느껴졌다. 나는 감당하기 힘든 기분을 안고 서둘러 발걸음을 돌렸다.

로비를 지나 엘리베이터를 기다릴 때였다. 옆으로 길게 배치된 대기 의자에 한 소년이 앉아있었다. 검은 양복을 입고 있었지만 앳된 얼굴이 낯설지 않았다. 그날 본 붉은 문 뒤의 아이, 눈밭에서 뛰놀던 엄마와 할머니를 잃은 아이였다.

그 애는 비교적 바른 자세로 앉아 깍지 낀 손을 무릎에 힘없이 내려놓은 채 앞을 바라보고 있었다. 처음엔 침울해 보였다. 하지만 그건 그 애가 상복을 입고 있었기 때문에 생긴 선입견이라는 걸 곧 알 수 있었다. 그 애는 거기 앉아서 지나가는 사람들을 관찰하고 있었다. 장례식장에서 일하는 사람들, 눈물을 훔치는 유족들, 급한 발걸음으로 들어서는 조문객들을 뚫어지게 바라봤다. 집요하게 뭔가를 알아내고자 하는 눈빛은 아니었다. 하지만 사람 하나하나를 바라보는 눈길은 길었고 나름대로의 감상을 머릿속에 새기고 있는 것 같았다. 나는 아이의 눈빛에 이끌려 엘리베이터를 타는 것도 잊고 천천히 그 애에게 다가가 두 자리 건너에 앉았다.

—뭘 그렇게 보니?

뭐라고 운을 뗄까 하다 말을 던졌다.

—사람들이요.

아이가 짧게 답했다.

—사람들?

—네. 궁금해서요. 다들 무슨 생각을 가지고 살아가는지.

아이가 잠깐 말을 멈췄다.

—할머니가 돌아가셨어요. 엄마는 살아있지만 죽을 수도 있겠죠. 살아나도 사는 게 아닌 상태가 될 수도 있고요.

높지도 낮지도 않은 담담한 어조였다. 가족의 비극을 이야기하는 10대 소년의 말투치고는 지나치게 차분했다. 나는 아이를 위로하고 싶었지만 이렇게 크나큰 일을 겪은 아이에게 해줄 수 있는 말이 쉽게 떠오르지 않았다.

—……많이 화가 났니?

—그런 건 아니에요. 이해가 잘 안 가시겠지만 화를 낼 줄 몰라요. 알고 싶을 뿐이에요. 세상에 일어나는 일들에 사람들이 반응하는 방식에 대해서요, 거기에 어떤 이유가 있는 건지.

아이는 자신의 말을 더 정확히 하려는 듯 덧붙였다.

—그리고 나는 비슷한 일이 생기면 어떻게 했을까도 생각

하고 있어요. 안다고 생각했는데 갑자기 모르게 됐거든요. 사실은 처음부터 몰랐던 거겠죠.

아이의 말은 마치 인간을 기계로 치환한 것처럼 무미건조했다. 하지만 신기하게도 그 건조함 안에 옅은 호기심이 느껴졌다. 아니, 호기심보다는 탐구심이라는 표현이 더 어울렸다. 궁금함을 참지 못하는 어린아이 같은 호기심이 아니었다. 그보다는 학자처럼 건조한 태도로 세상을 관조하며 분석하는 느낌에 더 가까웠고, 나와 대화한다기보다 나라는 대상을 통해 자신의 생각을 정리하는 것처럼 보였다. 그런 역할이라도 해줄 수 있다면 다행이었다.

—아저씨는 아세요?

아이의 물음에 나는 고개를 저었다.

—나도 마찬가지야. 분명 알고 있다고 생각했었는데……. 네 말처럼 사실은 처음부터 몰랐던 거겠지.

나는 길게 심호흡을 하고 용기 내 말했다.

—엄마가 꼭 회복되시길 바랄게.

하지만 뒤이은 아이의 말은 나를 당황시키기에 충분하고도 남았다.

—정말 궁금한 게 있어요. 그날로 다시 돌아간다면 뭔가 달라졌을까요.

그 애가 나를 뚫어지게 바라봤다. 내가 거기 있었다는 사실을 아는 걸까. 내가 못 박힌 듯 서 있기만 했다는 걸? 나를 쳐다보는 이 아이의 눈빛은 무엇을 의미하는가. 나를 비난하기 위함인가, 아니면 나의 반응을 시험해 보려는 것인가. 아무것도 읽을 수 없는 표정은 나를 혼란스럽게 했고 그러자 더는 버티기가 힘들어졌다. 나는 전화가 걸려온 척 스마트폰을 귀에 대며 일어섰다.

그 아이와 나눈 대화는 그게 전부였다. 어른으로서, 한 인간으로서 나는 그 애에게 답해줄 말이 아무것도 없었다.

그러나 그 뒤로도 아이의 눈빛은 쉽게 잊히지 않았다. 아무리 생각해도 규정하기 힘든 표정이었다. 누군가를 탓하거나 원망하려는 의도가 아니었기 때문인지도 모른다. 정말로 이해가 가지 않아서, 아무도 답해줄 수 없는 불가능한 어떤 답을 얻고 싶어하는 눈빛이었다. 그 얼굴이 떠오를 때마다 나는 괴롭게 뒤척일 뿐이었다.

그 후 내 마음속에는 비밀이 생겼다. 떠올리는 것만으로도 진저리가 나는 잔인한 비밀이었다. 나는 트럭이 질주하던 순간 한발 늦게 고개를 돌린 부부의 심정을 알게 된 것 같았다. 미안했지만 동시에 빨리 잊어버리고 싶었다. 끝까지 이해하고 싶지 않은 누군가의 마음을 이해할 수 있을 것 같다는 생각은 나를 끔찍하게 짓눌렀다. 아무런 흔들림 없이 지내던 내게 그런 종류의 고민은 반가운 일이 아니었다. 물건을 나를 때에도, 좀처럼 오지 않는 엘리베이터 앞에 무거운 수레를 대고 하염없이 기다리며 서 있을 때에도 괴로운 생각은 그치지 않았다.

새해가 된 지 며칠이 지나 형을 찾아갔다. 형의 눈빛은 한층 더 생기를 잃어 가고 있었다. 보온병에 싸간 떡국을 조금씩 잘라 입에 넣어줬다. 자꾸만 입 밖으로 국물이 새어 나왔다.

—형.

가만히 형을 불렀다. 참 오랜만에 불러 보는 것 같았다.

—이렇게 된 거 후회 안 해?

형은 갑작스러운 물음에 놀랐는지 몸을 움찔거렸다.

—그냥, 너한테 미안하다.

형의 말들은 글로 옮기면 짧지만 말로 들으려면 아주 긴 시간이 걸린다.

—아니, 미안한 거 말고. 후회 안 하냐고.

내가 물었다. 왠지 모르게 목소리에 화가 실렸다. 그리고 나는 해서는 안 될 질문을 던지고 말았다.

—그날로 다시 돌아가면 똑같이 할 거냐고.

형은 한동안 말이 없었다.

—그건 답하기가 힘들어. 쉽게 답해서도 안 돼. 어떻게 대답하든 누군가는 아파져.

—왜.

—똑같이 할 거라고 말하면 널 아프게 할 테고, 아니라고 하면 내가 비겁해지는 거니까.

—아니, 그런 답 말고……. 형, 나 그동안 한 번도 물은 적 없어. 그럴 용기가 없었거든. 근데 알아야겠어. 알고 싶어. 만약, 만약 그날로 다시 돌아가면 어떻게 할 거야?

이미 눈물이 차오르는 걸 느끼면서도 나는 고집 부리듯 물었다. 오늘만큼은 끝까지 답을 듣고 싶었다. 그 아이에게 내주지 못한 답을 나도 알아내고 싶었다. 형은 쓰게 웃었다.

—있잖아. 이미 일어나버린 일에 만약이란 건 없어. 그건 책임지지 못할 꿈을 꾸는 거나 마찬가지인 거야. 하지만 한 가지는 말할 수 있지. 어떻게 하든 누군가는 아프게 된다고.

형이 나를 바라봤다.

—반대로 말하면 누군가는 기뻐지는 거야.

형의 꿈결 같은 말은 내게 아무런 감흥도 주지 못했다. 그건 까만 종이를 뒤집으면 흰 종이가 된다는 말과 조금도 다르지 않았다. 세상에 일어나는 무수한 일들에 정답 같은 게 있을 리 없었다. 나는 연말부터 한동안 나를 괴롭힌 모든 문제로부터 다시 자유로워지기로 결심했다.

그 뒤로 나는 다시 상자 속에서 살았다. 상자를 올리고 상자를 내리고 상자를 들고 그것을 닫힌 문 앞에 놓아두었다. 더 힘든 날과 견딜 만한 날이 존재할 뿐, 점에서 점으로 이어진 직선처럼 생활에는 아무런 변화도 없었다. 그 사실은 내게 안도감과 허탈감을 동시에 안겨주었다.

*

1년이 지나 다시 겨울이 왔다. 11월까지 이어진 이상 고온 탓으로 내내 늦가을 같던 날씨는 12월이 되자 작정한 듯 겨울로 바뀌었다. 하루아침에 찾아온 급작스러운 추위에 아침부터 온몸이 얼어 관절들이 뜻대로 움직이지 않았다.

원래 비번이었지만 동료의 갑작스러운 병가로 대신 일을 나간 날이었다. 내 담당 구역에서 거리가 꽤 먼 데도 배송 주소 목록을 보자 훤히 길을 알 수 있었다. 전에 살던 동네였다.

차가 동네 초입에 들어서자 온몸의 신경이 날카롭게 곤두섰다. 골목마다 깃든 어린 시절의 기억 위로 낯선 아파트들이 송곳처럼 삐죽삐죽 솟아있었다. 처음 보는 지도 위를 익숙하게 헤집는 느낌, 방향을 훤히 아는 미로 같았다. 전에 우리가 살던 아파트. 옆문을 통해 가던 그 길, 바로 그곳에 주택가를 밀어냈던 아파트가 서 있었다. 세월이 흘러 이곳도 완전히 새 아파트라고 부르기 어려웠다. 나는 묵묵히 차를 주차하며 일에만 집중하자고 마음을 다잡았다.

그렇게 첫 동의 작업을 마치고 나왔을 때였다. 다음 동으로 향하기 위해 트럭에 올라타려는데 어딘가에서 이상한 소리가 나는 것 같았다. 처음엔 화단에 숨은 고양이가 낑낑대는 소리인 줄 알았다. 그런데 낑낑대는 소리에 사람의 호흡이 섞여 있었다. 불길한 기분에 이끌려 화단을 따라 조심스럽게 걸음을 옮겼다. 하늘은 흐렸고 주변엔 사람 하나 보이지 않았다.

길은 더 이상 쓰이지 않아 막아 둔 산책로로 이어졌다. 그 앞에 한 젊은 여자가 쓰러져 버둥거리고 있었다. 재활용 쓰레기를 버리려다 쓰러진 건지 주변에 플라스틱 페트병이며 빈 박스들이 어지러이 널려 있었다. 여자는 가슴을 움켜쥐고 심하게 떨었다. 얼굴이 고통으로 일그러져 있었다. 괜찮으세요? 떨리는 목소리로 겨우 한 마디를 물었지만 여자는 답하지 못했고 퀭한 눈동자가 점점 빛을 잃더니 다음 순간 완전히 의식을 잃고 말았다.

나는 혼란에 빠져 멍하니 서 있었다. 그 회색빛 공간에 여자와 나 둘뿐이었다. 짧은 시간 수많은 생각이 스쳐지나갔다. 일하면서 잊을만하면 들었던 폭언들, 귀찮은 일에 휩싸이게 되리라는 두려움, 도움을 주려고 함부로 신체를 접촉했다가 오히려 가해자로 몰려 고소당했다는 증언들, 크리스마스 이브, 붉은 문 뒤의 아이, 그리고 형.

119에 전화를 걸 생각조차 하지 못한 채 몸이 돌처럼 굳었다. 차라리 보지 않았더라면. 못 들은 척 여기까지 오지 않았더라면…… 나는 나도 모르게 뒷걸음질 치고 있었다. 두려웠다. 이곳에서 벗어나는 것만이 내가 할 수 있는 가장 현명한 일

같았다.

그 때 몸에 둔탁한 충격이 느껴졌다. 누군가가 나를 밀치고 쏜살같이 달려가 여자 앞에 무릎을 꿇었다. 트레이닝복을 입은 여자아이였다. 아이는 여자를 똑바로 눕힌 후 여자가 입은 카디건의 단추를 풀고는 호흡과 맥박을 확인했다. 그러곤 한 손을 다른 손에 깍지 껴 여자의 몸 위로 올렸다.

—하나, 둘, 셋, 넷. 하나, 둘, 셋, 넷.

구령을 맞추듯이 주문처럼 숫자를 세며 아이는 여자의 가슴을 압박했다. 아이의 작은 몸에서 나오는 힘은 일정하고 균일했으며, 그 끊임없는 규칙성에서는 고집과 의지가 느껴졌다.

—119요 아저씨!

아이가 나를 보지도 않고 외쳤다. 가쁜 숨을 미처 채워 넣지 못해 목소리가 갈라졌다.

—그리고 제세동기, 101동 우편함 옆에요! 입구 비밀번호는…….

—알고 있어. 말 안 해도 돼.

이미 달려 나가면서 나는 등 뒤로 외치고 있었다. 아이의 말에 번뜩 정신이 든 느낌이었다. 한쪽 손으로는 119에 전화를 걸면서 나는 숨이 턱에 닿도록 달려 101동 현관 비밀번호를 눌렀다. 신고 접수를 하며 이 아파트는 1, 2호와 3, 4호 라인이 외따로 떨어져 있으므로 입구에서 쭉 올라와 벤치 앞에서 좌회

전을 해야 한다는 말도 잊지 않았다. 막 다녀와 101 동의 구조와 비밀번호를 알고 있다는 게 믿기지 않았다.

꺼내온 제세동기를 건네주자 아이가 말했다.

—저 하는 거 보이시죠. 이제 아저씨가 이렇게 하셔야 돼요. 멈추면 안 돼요, 얼른!

아이의 눈빛이 너무 진지해서였을까. 겁은 났지만 아이가 여자의 가슴에서 손을 떼자마자 나는 바통을 이어받아 아래로 펌프질을 하기 시작했다. 너무 세거나 빠르지 않게, 최대한 아이가 보여준 직각의 방향대로. 그러는 동안 아이는 제세동기의 전원을 켜고 여자의 옷 안으로 패드를 부착했다.

—손 떼고 떨어져요, 위험하니까.

아이의 말에 나는 동작을 멈췄다. 아이가 잠시 숨을 몰아쉬더니 버튼을 눌렀다. 몸에서는 땀이 흘렀고 어지러울 만큼 숨이 가빴지만 하얗게 질린 핏기 없는 여자의 얼굴을 보자 한 가지 생각밖에 들지 않았다.

살아났으면 좋겠다. 다시 숨을 쉬었으면 좋겠다. 나와 한 번도 만난 적 없는 사람이지만, 어쩌면 언젠가 내 손길을 거친 상자 한 개쯤은 이 사람의 문 앞에 닿은 적이 있을지도 모른다. 지금 이렇게 과도하게 뛰는 내 맥박을 조금이라도 나눠주고 싶다. 그러니까, 살아났으면 좋겠다……

그때였다. 여자가 미약하게 몸을 떨며 잔기침을 했다. 몸이 다시 깨어나는 소리였다. 나는 피가 잘 통하도록 따뜻한 손으로 여자의 손과 팔을 주물렀다. 코트도 벗어서 몸 위에 덮었다. 몇 분이 지나지 않아 구급대원이 도착했고 나는 상황을 설명하고 나머지 처치를 그들에게 맡겼다. 대원이 여자를 들것에 옮기면서 위급한 상황은 넘긴 것 같다고 말하자 그제야 현실로 돌아온 것 같았다.

아직도 쿵쾅거리는 맥박을 진정시키지 못한 채 주위를 둘러봤다. 하지만 아이의 모습은 보이지 않았다. 고개를 빼꼼히 드니 언덕 아래로 아이가 도망치듯 뛰어가는 모습이 눈에 들어왔다. 나는 구급차를 뒤로 한 채 급하게 아이의 뒤를 쫓았다.

—저기, 잠깐만!

아이를 불렀으나 그 애는 얼핏 멈춰 돌아보는 듯하더니 오히려 더 빠르게 달리기 시작했다. 이건 또 무슨 일인가 싶어 나도 전속력으로 그 애를 향해 달렸다. 나도 달리기로는 어디 가서 지지 않는 편인데 아이는 나를 약 올리기라도 하듯 좌우로 배낭을 달랑거리면서 잘도 뛰었다. 보통 빠르기가 아니었다.

—잠깐 기다려 봐. 도망가는 거 아니면 멈추라고!

다시 한번 크게 소리쳤을 때에야 아이가 속도를 늦췄다. 헉헉대며 무릎을 짚은 나와 달리 별로 숨찬 기색도 아니었다.

—할 말 있으면 빨리요. 좀 바빠서…….

아이가 다소 퉁명스럽게 말했다.

—구급대원도 왔는데 그냥 도망가면 어떡해. 응급처치까지 다 해놓고.

—그 언니 괜찮은 거 확인했으니까 더 있을 필요 없을 것 같아서요.

방금 전까지 꽁무니를 빼던 건 아예 시치미를 떼고 있었다.

—그래도 인사 정도는 듣고 가야지. 생명의 은인인데.

—고맙단 말 들으려고 한 거 아닌데요. 깨어나서 다행이긴 하지만.

아이가 흘러내린 안경을 올리며 말했다. 은테 안경 뒤의 눈동자가 차가운 듯 맑게 빛났다. 어딘가에서 본 기억이 있는 것 같다는 생각을 뒤로 하고 중얼거렸다.

—용감하네.

—그냥 학교에서 배운 대로 한 거예요. 맞게 하고 있는지 몰라서 순간 진짜 쫄았잖아요. 쓸모없다고 생각했는데 뭐든 배워두면 쓸데가 생기나 봐요.

아이가 싱긋 웃었다.

—그리고, 아저씨 없었으면 저도 힘들었을 거예요.

아이의 웃음에도 왠지 나는 따라 웃기가 힘들었다. 억지로 미소를 지었지만 웃음소리까지 나오지는 않았다. 조금 전 아이가 심폐소생을 하던 모습이 떠올랐다. 꺼져가는 생명에 자신의 모든 힘을 쏟아 넣던 그 모습이.

—난 아무것도 한 게 없어. 네가 다 했지.

—아저씨가 구급차도 부르고 제세동기도 갖다주셨잖아요. 같이 도운 거예요. 고마워요, 아저씨.

엉뚱한 사람이 엉뚱한 사람에게 감사의 말을 듣고 있었다. 의식을 잃었던 여자는 자신을 위해 누가 뭘 했는지 전혀 모를 테니까. 그렇지만 꼭 당사자에게 고맙다는 말을 듣지 않아도 이미 충분하다는 생각이 들었다.

—아저씨, 근데요…….

아이가 조심스럽게 나를 불렀다.

—괜찮다면 이거 비밀로 해주실래요? 제 말은, 혹시 구급대원이나 그 언니한테 연락이 오더라도 제 얘기는 빼 주시는 걸로…….

—왜?

아이는 말을 멈추며 쭈뼛거렸다.

—사실 제가 지금 학원에 있어야 되거든요. 절대 이 시간에 여기 있으면 안 되는 거라서, 그래서 알려지면 곤란해요.

난데없는 알리바이 조작 요청에 나는 할 말을 잃었다. 내 생각을 읽은 듯 그 애는 급히 변명을 덧붙였다.

—아, 저 믿으셔도 돼요. 나쁜 짓 하는 것도 아니고, 그냥 부모님이 바라는 거랑 제가 하고 싶은 게 좀 달라서 그런 것뿐이에요. 그러니까 비밀로, 네?

애원하듯 양손을 맞잡은 아이의 소매 끝으로 조그마한 상처가 새어 나와 있었다. 사슬 모양의 빛바랜 상처. 본 적은 없지만 머릿속에서만큼은 너무나 낯익은 어떤 장면이 스치듯 지나갔다. 오래전 어느 밤, 형과 어떤 아이가 만났던 장면이.

나는 그 상처를, 누군가가 살아남은 흔적을, 또 다른 누군가가 불어넣은 생명의 흔적을 물끄러미 바라봤다. 아이는 내 눈빛을 끄덕임으로 이해했는지 씩 웃고는 바람처럼 달려 사라졌다.

정말로, 빨랐다.

그 뒤로 다시는 그 아파트에 갈 일이 없었다. 내 구역이 아니므로 구태여 그쪽을 향할 일은 앞으로도 없을 것이다. 구급대원으로부터 여자가 감사 인사를 전하고 싶다며 내 연락처를 물어왔다는 연락을 받았으나 나는 무사하다면 그것으로 됐다는 말을 전해달라고만 했다. 마음 같아서는 아이의 존재를 이야기하고 싶었지만 약속은 약속이니까. 그렇게 그 일은 아이와 나 둘만의 비밀로 남았다.

아마도 나는 변함없이 상자 안에 숨어서 안전한 삶을 꿈꿀 거다. 이미 굳어진 어른의 마음은 쉽게 변하기가 힘든 법이니까. 그렇지만 누군가를 향해 손을 멀리 뻗지는 못한다 해도 주먹 쥔 손을 펴서 누군가와 악수를 나눌 용기쯤은 가끔씩 내 볼 수 있을까.

형의 말대로 삶은 누군가를 아프게 하고 누군가를 기쁘게 한다. 그런 의미에서라면 나는 내가 알고 싶었던 답을 영원히 찾지 못할 것 같다. 하지만 유일하게 위안 삼을 수 있는 점은, 아픔도 기쁨도 한 종류만은 아닐지 모른다는 것이다. 그 아이가 영원히 갖고 살아갈 상처처럼, 그리고 그 애와 내가 나눈 비밀스러운 미소처럼.

작가의 말

4년 전 봄, 아이가 태어났다. 재미난 사연은 몇 있었지만 힘들게 낳은 것도 아니라 감동도 없었고, 마냥 낯설고 신기하기만 했다. 그런데 며칠이 지나자 침대 위에서 꼬물대는 아기를 볼 때마다 자동으로 눈물이 쏟아지기 시작했다. 지금도 도무지 설명하기 힘들다. 어떤 감정을 붙여도 적당하지 않은 눈물이었다.

그냥, 아기가 너무 작았다. 낮은 침대에서 바닥으로 떨어지기만 해도, 몇 시간만 혼자 두어도 생명을 보장할 수 없을 것 같았다. 자신의 힘으로는 아무것도 할 수 없는 생명체가 세상에 던져져 허공을 향해 버둥거리고 있었다. 내 아이라는 실감도 잘 나지 않았고 잃어버렸다가 다시 찾는다 해도 알아볼 자신도 없었다. 스스로에게 질문을 던져 봤다. 이 아이가 어떤 모습이든 변함없이 사랑을 줄 수 있을까. 기대와 전혀 다른 모습으로 큰다 해도? 그 질문에서 출발해 '과연 나라면 사랑할 수 있었을까?' 하고 의심할 만한 두 아이가 만들어졌고 그들이 윤재와 곤이다.

매일매일 아이들이 태어난다. 모든 가능성이 열려 있는, 축

복받아 마땅한 아이들이다. 그러나 그들 중 누군가는 사회의 낙오자가 되고 누군가는 군림하고 명령하면서도 속이 비틀린 사람이 된다. 드물지만 주어진 조건을 딛고 감동을 주는 사람으로 성장하는 경우도 있다.

좀 식상한 결론일지 모르겠다. 그렇지만 나는 인간을 인간으로 만드는 것도, 괴물로 만드는 것도 사랑이라고 생각하게 되었다. 그런 이야기를 해 보고 싶었다.

초고는 아기가 4개월이던 2013년 8월에 한 달 동안 썼다. 그 뒤 2014년 말에 한 달, 2016년 초에 한 달 집중적으로 고쳤다. 하지만 나머지 시간 동안 마음속에는 늘 두 소년의 이야기가 걸려 있었다. 그러니 구상부터 완성까지 꼬박 3년이 넘게 걸린 셈이다.

아낌없는 사랑으로 결핍 없는 내면을 선물해 주신 부모님과 가족들에게 감사한다. 한때는 내적으로 부족함 없이 자라난 것이 작가가 될 깜냥이 못 되는 거라 생각해 부끄러웠던 시절도 있다. 세월을 거치면서 그 생각은 바뀌었다. 평탄한 성장기 속에서 받는 응원과 사랑, 무조건적인 지지가 몹시 드물고 귀하다는 것을 알게 되면서부터다. 그것이 한 인간에게 얼마나 큰 무기가 되는지, 세상을 겁 없이 다양하게 바라볼 수 있는 힘을 주는지, 부모가 되고서야 깨닫는다.

심사위원 선생님들께 감사의 인사를 올린다. 특히 열한 명의 청소년 심사단이 있었기에 마음 한구석이 더 든든하다. 유일한 독자였던 H에게도 고맙다. H는 세상에 나오지 못한 나의 많은 글들을 꾸역꾸역 읽으며 자신의 독서목록에 어엿한 작품으로 올려 주었다. 매번 낙담하는 내게 느긋하게 용기를 준 H가 없었더라면 계속해서 도전하고 부딪히기 힘들었을 거다.

나는 사회적인 문제에 대해 적극적으로 나서거나 행동하는 타입은 못 된다. 그저 내 안의 어떤 이야기들을 글로 길어 올렸을 뿐이다. 이 소설로 인해 상처 입은 사람들, 특히 아직도 가능성이 닫혀 있지 않은 아이들에게 내미는 손길이 많아지면 좋겠다. 거창한 바람이지만 그래도 바라 본다. 아이들은 사랑을 갈구하지만, 동시에 가장 많은 사랑을 주는 존재들이다. 당신도 한때 그랬을 것이다. 나도 내가 가장 사랑하는 사람의 이름을, 내게 더 많은 사랑을 준 사람의 이름을 첫 장에 싣는다.

2017년 봄,

손원평

백만 부를 기념하며, 다시 쓰는 작가의 말

두 번째 작가의 말을 쓴다. 사실 마땅한 변이 떠오르지 않아 당선 즈음의 에피소드를 조금 풀어볼까 한다.

『아몬드』가 창비 청소년 문학상에 당선될 무렵의 나는 심한 실패의 나락을 겪고 있었다. 그래서 당선 소식을 들었을 때 너무 충격을 받은 나머지 며칠 동안 오열을 하며 평생 쓸 감정의 상당량을 소진했다. 그래서였을까. 며칠 후, 길을 걷던 중 갑자기 아무 이유 없이 심장이 엄청나게 빨리 뛰는 빈맥성 부정맥이 찾아왔다. 원래 1년에 네다섯 번쯤 겪는 증상인데 이날은 지속시간이 심상치 않았다. 초당 5회 정도의 맥박수가 줄어들지 않은 채 7분이 흘렀다. 전봇대와 기둥을 중간중간 짚고 멈춰 서며 가슴을 움켜쥐고 걷다가 간신히 도착한 집 앞 벤치에서 구급차를 불렀다. 이대로 딱 죽겠다 싶으면서도 한 가지 생각이 떠올랐다. 아직 출판되지는 않았지만, 내 책 한 권은 남기고 가니 여한은 없구나. 이 얼마나 절묘한 타이밍인가! 묘한 안도감이었다.

남편과 아이가 구급차보다 더 빨리 내려왔고 우리 셋은 모두 너무나 늦게 도착한 구급차에 올라탔다. 그러자 거짓말처럼 혹은 억울하게도, 박동수가 정상으로 돌아왔다. 나는 구급대원에게 변명하듯 조금 전까지 겪은 극심한 빈맥에 대해 설명했다. 구급대원이 내게 혹시 최근에 심적으로 충격받은 일이 있냐고 물었다. 나는 그런 건 없다고 대답했다. 사실 제가 쓴 글이 당선됐어요, 엉엉.이라고 말할 수는 없었기에.

남편과 아이는 병원 앞에서 집으로 되돌아갔고 병원에 혼자 남은 나는 끝내 심장의 이상징후를 발견하지 못한 전자기기를 밤새 부착하고 있다가 새벽에서야 병원문을 나섰다. 여담이지만 부정맥으로 세상을 떠난 심 박사의 부인 에피소드를 추가한 것도 이 이후다.

종종 중학교 때 『아몬드』를 읽은 독자가 벌써 대학생이 되었다거나 군대를 전역했다는 소식 같은 걸 듣는다. '엄마 아빠가 어렸을 때 읽었던 책을 내 아이도 읽는다.' 같은 글을 보게 될 날을 떠올려 본다. 쑥스럽지만 재미있는 상상이라 내 얼굴에도 쑥스럽지만 환한 웃음이 떠오른다.

감사하고 겸허해진다. 그 두 단어를 꽉 쥐고 정진하겠다.

2022년 5월

손원평

세 번째 작가의 말

『아몬드』가 세상에 나온지 6년이 지났다. 여러 가지 이유로 책은 절판 기간을 거쳐 새로운 얼굴을 가지게 됐지만 그 이유에 대해 새삼 다시 밝힐 필요는 없을 거라 생각한다. 어쨌든 작품이 독자와 다시 만날 수 있어 다행이다. 언젠가 2차 저작물로 탄생할지도 모르지만 적어도 이제 독자는 종이로 된 한국어책의 겉표지에서 그 누구의 얼굴도 볼 수 없을 것이다. 감춰진 얼굴이 누구의 얼굴인지, 그 얼굴에 담긴 표정이 어떤 것인지를 처음 글을 쓸 때 그랬던 때처럼, 읽는 이의 상상에 다시 돌려주고 싶다.

영광스럽게도 『아몬드』는 공감과 사랑이라는 주제로 긴 시간, 많은 이들의 손길 안에 머물렀다. 예상을 뛰어넘을 정도로 많은 언어로 번역됐고 지금도 조금씩 먼 곳으로 뻗어나가는 중이다. 타인의 감정에 완전히 공감하는 것은 불가능하다. 진정한 공감이 어떤 것인지에 대한 질문을 받을 때마다 나는 같은 대답을 내놓으며 부연했다. 감정이 올바르게 쓰이기 위해서는 이성의 기능이 선행돼야 하고, 적절한 온도로 이루어진 이성과 감정의 쓰임은 오로지 교육이라는 도구를 통해서만 가능한 것이라고. 감정을 느낄 수 없었던 윤재가 세상을 이해하고 감정을 배워가는 방식은 그런 나의 생각을 담은 것인지도 모른다.

그러나 왜인지 시간이 갈수록 우리의 이성은 차갑게 얼어가고 감정은 뜨겁게 끓어오르기만 하는 것처럼 보인다. 감정이 쓰여야 할 곳에 이성이 울타리를 치고, 이성이 쓰여야 할 곳에 감정이 파도처럼 밀려든다. 이성과 감정이 양립될 수 없는 가치처럼 대립하는 가운데 사람들의 입에는 '공감 불능'과 '감정 과잉'이라는 키워드가 너무도 쉽게 오르내린다. 세상에 벌어지는 안타까운 일들과 오해, 누군가를 악인으로 몰거나 쉽게 판단해버리는 일들이, 많은 경우 이성과 감정의 혼돈과 오용에서 기인하는 것은 아닐까.

언젠가부터 나는 인간이 사랑받으려고 태어난 존재라는 사실을 어쩔 수 없이 인정하게 됐다. 작품에 영감을 준, 이제 조금씩 스스로의 영역을 넓혀 가려 애쓰는 첫째와, 해님 같은 얼굴로 세상을 경탄하며 받아들이는 둘째를 보면, 인간이 누군가를 두려움 없이 사랑하고 당연히 사랑받으리라고 자신하며 미지의 세계를 향해 성큼성큼 걸음을 내딛는 존재로 설계됐다는 사실이 새삼 경이롭다. 특히 청소년은 그 경계선에 자리한, 서서히 닫혀 가고 있는 동시에 여전히 충분히 열려있는 문 앞의 존재들이다. 그들은 돌이킬 수 없는 지점을 넘어서거나, 온

전한 처음으로 얼마든지 돌아갈 수도 있는 묘한 지점에 불안하게 서 있다. 아기와 어른의 얼굴을 동시에 지닌 아이들을 살피는 눈길, 무엇보다도 따뜻한 사랑과 타협 없는 원칙이 균형을 이룬 교육이야말로 세상을 좋게 만드는 것에 일조하는 일이라는 점을 기억하면 좋겠다. 엄격하기만 한 사랑과 뜨뜻미지근하게 요동치는 원칙은 인간을 괴물로 만든다는 것을 잊어서는 안 된다.

더불어, 늙어버린 누군가의 괴물 같은 얼굴 안에도 어딘가엔 천진난만하고 순수한 구석이 담겨있다고 믿어보는 것도 좋다. 늘 그렇게 생각할 수는 없다 하더라도 정말로, 적어도 우리 모두 한때는 그런 존재들이었을 것이기 때문이다.

이미 나는 이 작품으로 많은 영광을 누렸으나 그럼에도 여전히, 독자의 머리와 가슴에 『아몬드』가 감정과 교육, 인간됨과 사랑에 대한 질문을 고동치며 두드리게 하는 작품으로 남기를 희망한다.

2023년 7월

손원평

아몬드 Almond
©손원평, 2023

지은이 | 손원평
발행인 | 임헌규
발행처 | ㈜ 다즐링
주　소 | 서울시 서대문구 신촌로 25, 2413 (03785)
E-mail | storydazzling@gmail.com (투고는 받지 않습니다)
홍　보 | instagram.com/storydazzling
등　록 | 2023년 3월 17일 제 2023-000021호

초판 1쇄 발행 2023년 7월 14일
초판 22쇄 발행 2025년 1월 20일

ISBN 979-11-983635-1-0

이 책은 2017년~2022년 창비에서 발행된 동명 소설과 같은 작품으로 내용은 동일하나 세부적인 차이가 있을 수 있습니다. 본 책 및 위 기간 동안 발행된 책의 저작권은 모두 저자에게 귀속돼 있습니다.

이 책은 저작권법에 의해 보호받는 저작물이므로 무단 전재와 무단 복제, 유포, 공유를 금합니다. 이를 위반 시에는 민형사상의 법적 책임을 질 수 있습니다. 책의 내용을 재사용하거나 콘텐츠에 이용하려면 반드시 저자와 다즐링 양측의 서면동의를 받아야 합니다.